万能鑑定士Qの推理劇 I

松岡圭祐

角川文庫 17182

目次

図版作成／REPLAY

溯《さかのぼ》ること五年

旅客機の客室乗務員《フライトアテンダント》を務めていると、地上のニュースには疎くなる。

つい三か月前に東京三菱《みつびし》銀行とUFJ銀行が合併した。直木賞を獲《と》ったのは東野圭吾の『容疑者Xの献身』。カトゥーンの『Real Face』が大ヒットしていて、国内のどの空港に降り立っても耳にする。認識している世の動静はそれぐらいだった。

二十七歳になったばかりの稲月璃音《いなつきりおん》は制服の上にエプロンを着け、コーヒーセットを積んだカートを押しながら、調理室《ギャレー》から客室《キャビン》へと歩きだした。

石垣《いしがき》島発羽田行の直行便、春先だけにエコノミークラスは満席に近い。天候も快晴、機体は順調に高度をあげていた。

璃音はにこやかな笑みを心がけながら、コーヒーをカップに注いで配っていった。乗客は老若男女さまざまだったが、一様に物静かで落ち着いた雰囲気を漂わせている。ときおり耳抜きとともに大きく聴こえるエンジンの唸《うな》り、ほかには雑音ひとつない。

だが、ふいにその静寂は破られた。野太い男性の声がキャビンに響きわたる。
「乗客のみなさんにお知らせする」男性の声はスピーカーを通したようにくぐもっていたが、機内アナウンスにしてはいささか高圧的だった。「大変お気の毒であるが、快適な空の旅は現在をもって終了させていただく。当機の貨物室には危険物が積んである。少量であるが、瞬時に圧力隔壁を破るのに問題のない破壊力を秘めた物体と申しあげておきたい」

客室は凍りついたような静寂に包まれた。不安と緊張のいろが乗客の笑顔に取ってかわっていく。ざわめきがしだいに大きくなる。

足がすくんだのはわずか数秒だった。璃音はカートの車輪《キャスター》をロックすると、薄気味の悪い声がきこえてくる方向を特定すべく、耳をそば立てた。

「失礼します」璃音は客室の通路に歩を進めた。「申し訳ありません、頭上をたしかめさせていただきます」

天井に設置された荷物入れの蓋《ふた》に手を滑らせていく。なおも謎の声は抑揚もなくつづいていた。「機体に穴が開くか否か、それは当機機長の判断ひとつにかかっている。もし乗客を安全に地上におろしたいと望むのであれば……」

声量が増した。指先にも、音の反響とおぼしきかすかな振動を感じる。エコノミークラスの先頭から三列目の座席、その上に位置する荷物入れを、璃音は開け放った。

とたんに男性の声は耳障りなほど大きくなった。布袋がひとつおさめてある。サイズはシューズ入れと同じくらい。配線は見当たらなかった。スピーカーと一体型の音響機器、おそらくそれが布袋の中身だろう。

真下の座席に視線を向ける。六、七歳ぐらいの少年が怯《おび》えたまなざしで見あげていた。隣りは、そっくりの顔をした母親だった。恐怖にひきつった表情さえもうりふたつだった。

この親子による悪戯《いたずら》とは思えない。乗客の誰が企《たくら》んだことにせよ、自分の頭上に仕掛けるようなへまはすまい。

犯人が何者だろうと関係なかった。訓練の賜物《たまもの》か、布袋に触れることへの恐れより、乗客の安全を守るという義務感が優先する。璃音は布袋をひっつかんで取りだした。ずしりと重いその荷物をぶらさげて、足早に機首をめざす。

布袋はまだ音声を発していた。「指示に従うのが賢明である。ただちにフライトプランを変更し……」

ほかの乗務員たちが緊張の面持ちで追ってくる。だが璃音は片手をあげて接近を制した。同僚の助力を求めている場合ではない。この不安を煽《あお》りたてる音声を、乗客から遠ざけることこそ急務だった。璃音はひとり通路を突き進んだ。

プレミアムシートの乗客たちもびくつきながらこちらを注視する。璃音は機首付近に達し、コックピットのドアをノックした。どうぞ、という返事がきこえるや、すぐさま開け放って踏みこんだ。

機長と副操縦士が揃って振りかえる。ドア越しに音声がきこえていたのか、あるいは別の乗務員がインターカムで連絡したのだろう。機長らはすでに事情を把握しているらしい。ＭＣＰはオートパイロットにセット済み、両手を自由にして待ちかまえていた。

「貸してみろ」奥園大悟《おくぞのだいご》機長が布袋を受け取る。顔に年輪のごとく深く刻まれた皺《しわ》が表すとおりのベテランパイロットは、臆《おく》するようすもなく布袋を開けて中身を取りだした。

それはＭＤラジカセだった。ｉポッドが主流の現代では、中古店ですら値がつきそうにない代物。だがスピーカーの直径もそれなりに大きく、音声は明瞭《めいりょう》だった。

男性の声が告げていた。「繰り返す。目的地を変更し新千歳《しんちとせ》空港に着陸しろ」

奥園機長は、リピートしつづける録音に聴きいる素振《そぶ》りをしていたが、やがてため息とともに副操縦士を見た。「圧力隔壁？」

副操縦士の斎藤侑真《さいとうゆうま》も渋い顔になった。「飛行機に詳しくはありませんね。テレビで聞きかじった言葉を羅列しているだけです」

「それでも無視はできんな。燃料のほうは……余裕があるか」奥園はコントロールパネルに手を伸ばした。トランスポンダの機体識別番号《スコーク》を専用コード７７００に変更する。

航空管制官と英語で対話したのち、奥園は機内アナウンス用のマイクをオンにした。

「乗客の皆様にご案内申しあげます。こちら機長です。お急ぎのところご迷惑をおかけしますが、諸事情により当機はいったん目的地を羽田から千歳に変更させていただきます。振り替え輸送につきましては到着後、空港にてご案内申しあげます」

キャビンでどよめきに似た声があがったのが、璃音の耳にも届いた。奥園が目で合図してくる。璃音はうなずいてみせると、すぐさま踵《きびす》をかえしてコックピットをでた。

ほかの客室乗務員たちはすでにあちこちに散り、乗客への説明と対処に追われている。さすがに動揺がひろがっているものの、パニックと呼べるほどの様相は呈していない。ほとんどの人々は硬い顔をしながらも、冷静の極みといえる態度をしめしていた。機長と同様に、あの脅迫じみた音声の内容に真実味を感じない向きが大半のようだった。

ところがエコノミークラスの通路に戻ったとたん、ひとりの男性が手を振りかざして声をかけてきた。「きみ。ちょっとこっちへ来てくれないか」

三十代半ばぐらいの痩《や》せた男性だった。丸襟のシャツにジャケットを羽織っている。取り乱しているかと思いきや、まったくそんな気配はなく、ただ迷惑そうな表情を浮かべている。

璃音は笑顔をつとめながら歩み寄った。「どうかなさいましたか」

「ああ。俺じゃなくてこの人がね」男性は隣りの席を指し示した。

高校生ぐらいの少女が、怯えきった青白い顔をあげて見つめてきた。

ほっそりとスマートな体型、腕も脚も長くモデルのようですらあった。上品なカットソーに華を添えるカーディガンは、普段着っぽい装いながら趣味のよさもうかがえる。

顔は驚くほど小さく、猫のように大きくつぶらな瞳《ひとみ》が特徴的だった。ゆるいウェーブのロングヘアも似合っている。十代特有の可愛らしさのなかに、妙におとなびた美人顔が入り混じった、どこか個性に満ちた面立ちだった。

だがその特異な印象は、尋常ではないほどにひきつった表情筋のせいかもしれない。瞳《どう》孔《こう》が開ききり、なんとも危ない顔つきになっていて、ある意味では端整な顔が台無しだった。唇から血の気がひいて紫いろになっている。小刻みに震える口もとは何かを伝えたがっているようだが、うまく言葉を発せられないらしい。

璃音は話しかけた。「心配ありませんよ。大事をとって進路を変えただけですから。えと、お名前は?」

「り……凜田《りんだ》」少女はか細い声でささやいた。「凜田莉子《りこ》です」

「凜田様、温かいものでもお持ちしましょうか。何がよろしいですか?」

「え？　温かいもの……。ストーブとか？」

隣りの男性が眉《まゆ》をひそめて莉子を見やった。「飲み物の話だと思うよ」

「あぁ」莉子は真顔でつぶやいた。「そ、そうですか。いえ。要りません。だいじょうぶです。ごめんなさい」

莉子が一枚の色紙を抱きかかえていることに、璃音は気づいた。「たいせつな物なら、お預かりしておきましょうか」

また男性が莉子にきいた。「有名人のサインか何か？」

「いえ」莉子は色紙をしめした。「野球部の部員の寄せ書きなんです。わたし、高校を卒業したばかりで……。マネージャーをやってたので」

男性は寄せ書きをのぞきこんで読みあげた。「心配ないよ莉子ちゃん、きっと無事に東京に着ける……」

「わたし、飛行機初めてなんです。だからみんなが励まして、勇気づけてくれて」

「勇気……。おおげさだな。石垣島からでたことなかったのかい？」

「波照間《はてるま》島に住んでます。高校は石垣島ですけど、フェリーだから……。空港のこともよく知らなかったし、飛行機の乗り方もわからなかったので、石垣のツタヤで映画を借りてきて勉強したんです」

「どんな映画を観たんだ？」

「パッケージに飛行機が載ってるやつを手当たりしだいに。ええと『大空港』に『エアポート'75』『ダイ・ハード2』『エグゼクティブ・デシジョン』……」

「事故やハイジャックのオンパレードじゃないか。恐怖に拍車をかけてどうする」

「そうなんですよ！」莉子はいまにも泣きだしそうな顔で、悲痛な声をあげた。「絶対怖いから無理って思ってたのに、やっぱこんなことになって……。もう駄目。降《お》りたい」

「無茶いうなよ。心を落ち着かせる自分なりの方法とか、何かないのかい？」

「おばあがいってました。不安を覚えたときには浄土真宗のお経を力いっぱい唱えればいいって……。わたし、最初のほうなら暗記してます。やってもいいですか？」

「縁起でもない、駄目に決まってるだろ。とにかく、まずは涙を拭《ふ》きなよ。洟《はな》もかんだほうがいい」

「は、はい」莉子は足もとのスポーツバッグに手を伸ばした。ファスナーを開けてなかをまさぐる。

白衣が取りだされた。莉子はふしぎそうな顔でそれを広げた。コックが身につけるような厨房《ちゆうぼう》用の服らしい。襟もとから飛びだしたタグにバーコードがついている。業務用のようだ。それからクリアファイルもあった。なかの書類には金《きん》の箔押《はくお》しでゴールドの貨物船が印刷されていて、その下を英文の活字が埋め尽くしている。

男性がすました顔で告げた。「俺は船の調理場で働いていてね。つまりそれは俺の荷物ってことだ」

「ああっ、すみません。つい」莉子はあわてたようすでそれらをバッグに戻した。

璃音は困惑を覚えながら、頭上の荷物入れを開けた。薄いピンクいろのスポーツバッグを取りだす。「これですか？」

「はい」莉子はバッグを受け取った。「上に入れたんだった、忘れてた」

ずいぶんと天然な女の子……。男性もそう思ったらしい、身を乗りだして璃音にささやいてきた。「なあ。ほかに空いている席があるなら移りたいんだが」

「申しわけございません。ほぼ満席のうえにこんな状況ですし、お座席の移動はご遠慮いただいております」

じれったそうに男性はいった。「石垣島の役所が町おこしに配った〝無料で上京〟チケットの利用者は、本当の客じゃないってのか。あれは市民に出稼ぎの機会を与えてくれる、地域あげての振興策なんだぞ。名簿を見てくれ。槌谷《つちや》廉《れん》って書いてあるはずだ」

「どなたであってもお席をお移りになれませんので……。どうかご容赦ください」

莉子はバッグから取りだしたハンカチでしきりに涙をぬぐっていた。「ごめんなさい、わたしのせいで」

この少女に悪気はない。璃音は平穏をうながそうと莉子に告げた。「事故なんてめったに起きませんよ。統計上でも空の旅は最も安全なんです。いまこの瞬間に、世界でどれだけの数の飛行機が飛んでいると思いますか？」

「さあ」莉子はつぶやいた。「十個ぐらい？」

槌谷という男性乗客は呆《あき》れたように首を横に振った。「そんなに少ないわけないだろ」

莉子はまた情けない顔になって、バッグをまさぐりだした。「わたし、とんでもなく頭が悪いんです。ほら、見てください。高校の通知表。1ばっかりなんです。これは模試のプリント。それから追試の答案用紙……」

「見せなくてもいいよ。そんなの持って上京するのかい？」

「壁に貼ろうと思うんです。今後はお仕事、頑張らなきゃって気分になるので」

「こんなことといっちゃ悪いが、働き口はあるのかな。その学力じゃ難しいだろう」

「おばあが運送会社に勤めてたので、そのコネで……。明日《あした》、面接するんです」

この季節になっても、まだ勤め先が決まっていないとは。いろいろ心配な子だと璃音は思った。見た目は綺麗《きれい》だが、学力は無きに等しい。バッグに仕舞いこまれる寸前の英語の答案が璃音の目にとまった。次の単語の意味を答えなさい。〝comb〟を、こんぶと書いてあった。点数は百点満点中、七点……。

莉子は嘆きの声をあげた。「馬鹿だからかもしれないけど、こんなに大きな物が飛ぶなんて信じられないんです。やっぱり怖くてたまらない」

「はぁ」槌谷は大仰にため息をついた。「凜田さんといったね。世のなかには理解できなくても、後でなるほどと納得できることがいっぱいあるんだよ」

「そうでしょうか」

「ああ。たとえばね、きみのお父さんがお母さんに、水をくれないかと頼んだとする。台所に立っていたお母さんは、いきなり出刃包丁を引き抜いて振りかざしたんだ。それを見たお父さんはげらげらと笑いだした。ありえないと感じるだろ？　でもその真相は……」

だが莉子は、その喩《たと》え話のオチよりも設定自体に衝撃を受けてしまったようだった。

「お母さん、ふだんから悩んでるんです！　お父さんが仕事を休みがちなせいで家計が苦しくて」

「きみの家の事情はよく知らないよ。この話の趣旨はね……」

「お父さんが笑いだしたのって、きっと恐怖のあまり……。わたしにもわかります。いまもおかしくなりそう」

「これ以上おかしくなることがあるのかい？」

璃音は莉子をなだめにかかった。「もうすぐ到着ですよ。前方のモニターに映っている地図をご覧ください。いまどこにいるかわかりますね?」

莉子は真剣な表情で画面を見つめ、ぼそりとつぶやいた。「おおひらひろし……。誰ですか」

呆気《あっけ》にとられて、璃音は思わず槌谷と顔を見合わせた。槌谷が物憂《う》げにいった。「太平洋だよ」

寄り道

旅客機は新千歳空港に緊急着陸した。ニュースは速報として各メディアに伝えられ、国内線の空のダイヤは大幅に乱れた。

莉子は、映画で観た脱出用滑り台が風船のように膨らむ状況を想像していたが、予測に反して着陸後の機内は緩慢としていた。誰もが普通に荷物を手にしてタラップを下りていく。シャトルバスで連れて行かれた空港ロビーに、修学旅行生のごとく小一時間待機させられ、それから空港にほど近いホテルへと移された。

ホテルの食堂に乗客全員が集められ、空港職員により説明がおこなわれた。「お手数をおかけしますが、皆さまにはしばらくこのホテルにて待機していただきます。貨物室に預けた荷物は警察がチェックし、同時に航空会社により機体の点検が実施されます。すべてが終了するまで、ホテルのなかにおいでください。玄関に警官も立ちますし、この建物から外にはでられません。なお、作業には数日かかる場合もございます。ホテルには皆さまが宿泊できますよう、お部屋を用意させていただきますので……」

乗客からは当然、不満の声があがった。「まるで監禁じゃないか」

「警察の捜査ゆえ、ご協力願います」慇懃《いんぎん》丁寧な態度ながら、事実上の命令だった。乗客は従わざるをえなかった。

波照間島育ちの莉子にとっては、春先の北海道の気温は底冷えに等しく感じられた。とりわけ日没後は、あまりの寒さに寝つくことさえ困難に思える。身体の震えがとまらない。旅客機で感じた恐怖がまだ消え去らない、そのせいもあるだろう。

あてがわれたシングルルームを抜けだし、毛布を借りにフロントに向かった。

ロビーには手持ち無沙汰《ぶさた》そうにうろつく乗客たちの姿を多く見かけた。携帯電話で家族や勤め先に連絡をとっている。

そんななかに、機内で隣りあわせた槌谷の姿があった。槌谷はソファに身をあずけて新聞を読んでいる。

「あ、あのう」莉子は槌谷に話しかけた。「すみませんでした。飛行機のなかでご迷惑をおかけしてしまって」

槌谷はぼんやりした目を向けてきた。「ああ、きみか。案外、正確な敬語で喋《しゃべ》れるんだな。まだ休まないのかい？」

「はい。さっきのお話ですけど、耳にこびりついて離れないんです。お父さんはお母さんに、水をくれと頼んだだけなのに、お母さんが出刃包丁をかざすなんて。しかもお父さんが笑いだすって」

「その話か」槌谷はうんざりしたように新聞を折りたたんで投げだした。「俺がいいたかったのはな、お父さんはしゃっくりが止まらなかったってことだ」

「しゃっくり……」

「そう。しゃっくりを止めようとして水を要求したけど、お母さんのほうはもっといい方法があると考えて出刃包丁で脅かしたんだよ。それでしゃっくりが止まったから、お父さんも喜んで笑ったわけだ」

「ってことは……お父さん、おかしくなったわけじゃないんですね！　お母さんも怒ってたわけじゃなかった。ああ、よかった」

とたんに頭いっぱいに花畑がひろがる。さっきまでの陰鬱《いんうつ》な気分はどこへやら、莉子はこのうえない喜びに満ち溢《あふ》れていた。

やれやれという顔で槌谷がいった。「どんな作り話だろうと、想像に没入しちまう性格みたいだな。思いこみも違っていることがあるって、わかってもらえたら幸いだけど」

「すごくよくわかりました！」莉子は有頂天で告げた。「お母さんにも電話したくなりました。声がききたいなぁ」

「好きにすればいいよ」槌谷はにこりともせずに立ちあがった。「明日の面接はキャンセルだろ？　ほかに就職先を探す事態になることも考えて、少しでも勉強しておいたほうがいいよ」

え……。莉子は思わず絶句した。歩き去る槌谷の背を見送る。

そっか。おばあのコネでなんとか面接にこぎつけたのに、行けないんだ。会社が日を改めてくれなかったら、どうしよう。これまで考えもしなかった……。

感受性

莉子はほかの乗客全員とともに、丸二日ホテルに缶詰めにされた。

結局、貨物室から危険物は発見されず、機体にも異常はなかったらしい。警察はこのまま次の捜査段階として、石垣空港で乗客が持ちこんだ荷物のX線記録の照会に入るのだろう、そう噂された。例のオーディオ機器のシルエットが見つかるまで解放されないかもしれない。

ところが、実際にはそれらの捜査は後日に譲られることになったという。悪戯《いたずら》にすぎないとわかった以上、全員を容疑者扱いして拘束しつづけるのは度が過ぎるとの判断が下ったようだ。

羽田行き、もしくは石垣島に戻る便のいずれかを航空会社が融通してくれることになった。莉子は東京に向かう飛行機を選んだが、乗客は半分に減っていた。二日もかかったせいで予定が大幅に狂ってしまった人も多かったのだろう。羽田行きの機内に樋谷の姿は見当たらなかった。彼も石垣島に帰ったらしい。

やっとのことで東京に着いた莉子は、中野五丁目の安アパートでの生活に入った。

悪い予感は的中した。祖母のコネによる面接が、やはり破談となっていた。就職情報誌で別の募集を探し、まったく馴染《なじ》みのない会社の面接に赴いたが、結果は散々だった。

試験官はぶっきらぼうに莉子に告げた。「とりあえず、履歴書にプリクラの写真を貼るのはやめたほうがいい。あと、健康欄に『はなづまり』と書いてあるんだが……」

花粉症ぎみと伝えたかったのだが、どうやら表記の方法が誤っていたようだった。冷やかな対応に、もともとあがりぎみの莉子はいっそう緊張をつのらせ、退室するときにもドアをノックしてしまった。

別の会社では、筆記試験でもへまをやらかした。「統計グラフを参照しながら答えなさい。商品に対し『満足である』と回答したのは何人か」という問題で『なんにん』ではなく『なにじん』と読んでしまい、日本人と書いた。

満足であると日本語で答えているんだから、日本人で間違いないでしょう。莉子は自信たっぷりだったが、会社からはその後、なんの音沙汰もなかった。

東京での就職活動が全滅したため、新幹線で京都まで足を延ばした。面接と試験の後に懇親会が開かれたが、莉子はひとりだけ特別扱いを受け、別室でお茶漬けを御馳走《ごちそう》になった。破格の待遇の良さに、わたしひとりだけ合格かもと舞いあがったが、なぜかまっすぐに帰らされた。実家に電話すると、父の凜田盛昌《セイショウ》が唸《うな》るような声でいった。「おまえ、そりゃぶぶ漬けってやつさぁ」

すっかり自信を失い落ちこんでいた莉子に対し、世間の風はなお冷たく、合格通知は届かなかった。だがそんななかで、吉祥寺《きちじょうじ》のリサイクルショップ〝チープグッズ〟本店の瀬《せ》戸《と》内陸《うちりく》社長は、ただひとり異なる反応をしめした。

渋味はあるが精悍《せいかん》な顔つき、頭髪には白いものが混じった初老ながらも、スマートな長身を誇る。それが瀬戸内という男だった。彼は初対面の時点ですでに莉子に対し、なんらかの可能性をみいだしたらしく目をかけてくれた。

「感受性が強いな」と瀬戸内はいった。「ということは、想像力も抜きんでているはずだね」

店舗になっている雑居ビルの四階、倉庫のフロアに、瀬戸内は天井から二本のロープを垂らした。いずれも長さは一・五メートル。二本の距離は四メートルほど離れていた。

瀬戸内はきいてきた。「二本の紐《ひも》を同時につかめるか?」

莉子は一本を右手で引っ張りながら、左手をもう一本に伸ばそうとした。だが、距離があるため届かない。片方をつかめば、他方はつかめない。

「できません」と莉子は答えた。

「なら」瀬戸内はテーブルを指さした。「これらを自由に使っていい」

そこにはスポンジタワシ、殺虫スプレー、手回しハンドル式の鉛筆削り、絵葉書、それに野球帽が並べてあった。

居合わせた二十一歳の金髪ギャル系、瀬戸内の娘である楓《かえで》は、そのようすを見て笑い声をあげた。「超ウケる。まるでチンパンジーの知能テスト」

すると瀬戸内陸は娘に対し涼しい目を向けた。「おまえにはできるのか?」

楓が当惑顔で黙りこくる。莉子はしかし、そんなふたりのやりとりが気にならないほど思索にふけっていた。

考える時間はさほど要さなかった。莉子はスプレー缶と鉛筆削りを取りあげた。缶を横にして、一本の紐の先にくくりつける。つづいて、鉛筆削りのクリップ部を引きだしてから、もう一本の紐の先をはさんで閉じる。どちらの物体も紐にぶらさがった。それから、缶を振り子のように力強く振る。鉛筆削りのほうも同様にする。

二本の紐の中間地点に立った莉子は、両手を左右に伸ばし、大きく揺れていたふたつの錘《おもり》をつかんだ。

「ああ!」楓はあんぐりと口を開けていた。「そっか。気づかなかった」

瀬戸内陸の口もとに微笑が浮かんでいた。「すぐれた連想力だ。イメージを想起する才能に恵まれているのなら、暗記力も高められそうだな」

その日から莉子は、チープグッズで見習いのバイトとして採用された。と同時に、正社員をめざして勉強を開始した。瀬戸内は莉子に、教科書を音読するよう勧めてきた。それから読書のコツも伝授してくれた。

実用書の場合、本の目次をまず見て、章ごとにページ数が全体の何割であるか計算しパーセント表示を記入しておく。たとえば本文が二八八ページで、第一章が十四ページ、第二章が二十二ページならば、第一章は四・八パーセント、第二章は七・六パーセントになる。

初めは一日につき五パーセントずつ読むことを心がける。章の途中、おおよその位置で切りあげてもかまわない。二日で十パーセント、三日で十五パーセントに達していればいい。二十日で読書完了。スケジュールだけはきっちり守るようにする。慣れてきたら一日十パーセントがノルマだ。

ひとつの章を読むにあたっては、すべての段落の頭に、1から順に番号をふること。番号が12まであるなら、ワンブロックを五分で読んで一時間で済む。

だが莉子には読書以前に難題があった。「瀬戸内さん……。パーセントの計算ってどうやるんですか？」

「数字も苦手か。なら、ここから始めよう」瀬戸内は店内のパーティー用品の売り場から、オセロの駒をひとつかみ取りだしてきて、テーブルの上にばらまいた。白と黒がほぼ半々に混ざりあっている。「これらのオセロの駒を一枚ずつひっくり返してくれ。好きなだけやっていいよ。終わったら、そのなかの一枚だけ、コーヒーカップを伏せて覆い隠してほしい」

「わかりました」莉子は指示に従い作業を始めたが、瀬戸内はなぜか背を向けて事務の仕事を始めてしまった。

しばらくして、莉子はその背に呼びかけた。「あのう……。いわれたとおりにしましたけど」

振りかえった瀬戸内がいった。「コーヒーカップのなかの駒は、黒が上になっているな」

はっとして莉子はコーヒーカップを取り除いた。瀬戸内の指摘どおりだった。「な、なんでわかるんですか。見ていなかったのに」

「これは数字に親しむための遊びだよ。と同時に、数学をどう応用していくかの訓練でもある。私は最初に、テーブルの上の白の駒を数えて奇数か偶数かを知っておいた。それと、背を向けてから駒を裏返す音がきこえるたび、二進法で数えていたんだ。1、0、1、0、

1、0……ってね。最後に数えたのが0だった場合、スタート時点の白の個数が奇数なら終了後も奇数、偶数なら偶数で揃っている。1だったケースにおいては、奇数と偶数が逆になっている。テーブルを見渡せばコーヒーカップに覆われた駒が白か黒か、容易にわかるはずだよ」

どうしてそうなるのかと何度もひとりで繰りかえすうちに、莉子の数学への理解はたしかに深まりだした。オセロの白と黒の分布で、個数や割合などの数値が視覚化されるのがよかった。瀬戸内の指導する計算のコツもどんどん頭に入ってくる。

3247から959を引くとする。一方をきりのいい数字に近づけてしまえばいい。1000から959を引けば41。だから3247に41を足して3288として、千の位をひとつだけ減らすだけ。2288。じつに簡単に答えがでる。

ある日、レジで楓が電卓片手に難しい顔をしていた。「ええと。85の二乗は……」

莉子はすかさずいった。「7225」

「な……?」楓はきょとんとしていた。「なんでそんなに早くわかるの?」

どうやら、へたに算数や数学を勉強してこなかったおかげで、かえって商売人の瀬戸内が薦める特異な実用計算法にすんなり適応できたらしい。ふた桁《けた》で、一の位が五。二乗する場合は、まず十の位の数字より一多い数をかける。いまは8と9をかけて72。下ふた桁はどんなケースにおいても25。両者を並べれば答えになる。

計算に強くなる一方で、莉子は毎日、読書に浸った。最初は児童向けの本から始めた。持ち前の感受性の強さを生かし、状況を具体的に想像しろと瀬戸内はいった。富士山にのぼると酸素が薄くなって高山病にかかると書いてあったなら、そのしんどさを自分の体験のごとく思い描くことで、挙げられた症状の数々を忘れづらくなる。

イメージに没入するのは得意技だと莉子は思った。読む速度はどんどんあがり、半年のあいだに中学生向けの本から高校教科書、一般向け実用書と順調にステップアップしていった。

とはいえ、気がかりなこともある。莉子は毎晩、八時間ぐっすりと眠っていた。読書のためには睡眠を切り詰めるべきなのでは。

だが瀬戸内は首を縦には振らなかった。「どれだけ寝るのがちょうどいいか、人によって異なる。眠たいのに無理をしたって思考は働かない。好きなだけ寝ればいいよ」

漢字を覚えるためには読書のみならず、筆記も必要になった。瀬戸内は莉子のカンペンケースのなかを見てつぶやいた。「ほう。鉛筆はBと2Bばかりか。いいね」

「え?」莉子は面食らった。「なぜですか。高校の担任の先生が、東京に行ったらHBに変えろって……」

「たしかに、こっちじゃ沖縄の紙みたいに湿気を含んでいないから、HBが最適とされてる。けど、変える必要はないよ。Bや2Bのほうが消しゴムで消しやすい。ノートを何度も書き直すためには、HBは不向きなんだ」

瀬戸内は店の買い取りコーナー用のカタログを莉子に貸してくれた。いずれも商品の写真は見られるようになっていたが、説明文はすべて付箋《ふせん》で隠してあった。「どんな商品なのか、外見から推定して文章化してごらん。それも、さも魅力的な商品であることを読み手にアピールするよう心がけるんだ。これで営業力と表現力、推知の力が養われる。後で答えを見れば知識も深まる」

莉子は写真を隅々まで観察し、商品が何であるか、いかなる工夫がなされているのか、どのような機能が秘められているかを読みとろうと必死になった。

初めのうちこそ防寒用手袋と鍋《なべ》つかみの区別さえつかず、教養のなさを露呈した。けれども正解を知るたびに新たな情報を得て、一年ほどで物品を立体的に捉《とら》えてその本質を見抜けるようになった。

客から、見違えるように賢くなったと驚かれることが多くなった。商品のみならず、あらゆることを知っていて、語彙《ごい》力もあがったといわれた。莉子の実感としてはただ読書に夢中になりつつ、カタログの多種多様なアイテムで目を楽しませながら、店の売り上げを計算しているだけだった。

いまや得意分野となった暗記の力をいかんなく発揮し、莉子は次々と商品カタログを読みこなしていった。

さらに一年が過ぎた。あらゆる商品の知識を得た莉子は、買い取りコーナーの花形店員として常連客に知られるようになっていた。持ちこまれた物をすぐさま記憶した情報と対比し、一瞬で査定をこなす。それが莉子の特技だった。

二十歳になった莉子に、瀬戸内は次なるステップを勧めてきた。「フリーの鑑定家として独立すべきだよ。自分の店を持つんだ」

彼はすでに店名まで決めていた。万能鑑定士Q。あまりに強気なそのネーミングに莉子は萎縮《いしゅく》した。洒落《しゃれ》ていると瀬戸内が自画自賛する末尾のアルファベットQにも当惑を禁じえない。しかし、看板はすでに発注し作製済みだという。

瀬戸内はいった。「感受性が異常なほど強かったせいで、きみは天然と見なされていた。なんにでも興味をしめしたがるから注意力散漫とも捉えられた。けれども、それらはきみの個性であり才能だったんだ。おかげで驚異的な学習の能力を発揮できたんだよ。もうきみは一人前だ。バイトなんて立場に留まっていちゃいけない」

だが、いかに効果的な学習を積んできたにせよ、成人してすぐ店主となるのは困難な挑戦に違いなかった。世のなかには犯罪が満ち溢《あふ》れている。事業主から金銭をだまし取ろうとする不届き者も多く存在する。大人になったばかりのわたしが立ち向かえるだろうか。莉子はおおいに不安だった。

そんな莉子に、瀬戸内は助言した。「他人の嘘だとか、策略を見抜くにはね、ひたすら論理的思考《ロジカルシンキング》を磨くことだよ。たとえば、いまやスポーツの世界も非常に論理的だろ？」

「スポーツ……ですか。高校の野球部ではとにかく練習ひと筋でしたけど」

「きみの元同級生の部員たちには悪いけど、プロのスポーツ選手にとって根性論が持て囃《はや》されたのは、ずいぶん昔のことだ。ただ頑張って考えるだけじゃ駄目なんだよ。漠然と閃《ひらめ》きや直感に頼るのもよくない。思考も同様で、いうなれば、バッターボックスに立ってから『どうバットを振ろうか』とか『どう打ったらどこに球が飛んでいくんだろう』と考えるのに似ている。直前の工夫でいい結果がだせるはずがない。判らないせいで思考を放棄して『とにかくバットを振るだけだ』と居直るのはもっと悪い。試合のずっと前から論理的に分析して、身につけておく必要があるんだよ」

解決困難な問題に対処するため、ふだんから三つの思考法を心がけてほしい。瀬戸内はそういった。

ひとつめは、状況を文章化したうえで、より簡単な表現に書き直すこと。

ふたつめ。過去に問題を解決して身についた定石《パターン》が潜んでいないか、よく探すこと。

三つめ。ほかの分野から応用できそうな論理を引っ張ってくること。

「ええと」莉子はメモをとった。「より簡単な表現に書き直す……」

「試してみよう。きみの店でお客さんから預かっていた骨とう品が盗まれたとする。当日の窃盗事件はこの一件のみ、犯人もたったひとり。容疑者はルパン、次元、五ェ門の三人。ルパンが盗みを働くときには、いつも次元を相棒にする。ただし、次元が盗まない日には五ェ門も休業する。盗んだのは誰かな？」

「単独犯ってことはルパンがまず除外されて……。次元でないとすれば五ェ門にもできないんだから、それもありえない。だから次元」

「ほら。惑わされることなく論理的な思考を貫けたじゃないか」

莉子は思わず微笑したが、それでも戸惑いを禁じえなかった。「実際にトラブルが起きたときに対処できるでしょうか。世のなかには悪い人もいっぱいいるみたいだし……」

「それでも人は人だよ」瀬戸内は穏やかにいった。「誰でも信じようとする、本来のきみが持っている素朴さを忘れないでくれ。離島で天真爛漫《らんまん》に育ったきみだからこそ、理解できることもあるんだよ。いつも心に留めておいてほしい。人の本質は善なんだ」

現在

　十二月も下旬に入り、雪の降らない沖縄本島もクリスマスムード一色に染まっている。夜十時をまわっていた。那覇市内のローソン、店内に流れている音楽はスマップの『僕の半分』だった。近隣で大規模なイルミネーションのイベントが催されていることもあり、この時刻になっても店に入ってくる若いカップルが多い。しかし、誰もがレジ前で繰り広げられる口論に面食らった反応をしめし、何も買わずに退散していく。

　口論の当事者は、四十歳を過ぎたばかりの槌谷廉だった。

　クリスマスにふさわしくない地味な色のウィンドブレーカーにデニム、スニーカーといういでたちは、槌谷が目立つのを嫌って、あえて身につけてきた服装だった。とはいえ、店員が通報ボタンを押して、パトロール中の巡査が駆けつけた現状では、どんな外見だろうと注目を浴びるのは避けがたい。

　槌谷は猛然といいかえした。「だからいってるだろ。俺は何も知らん」

カウンターのなかに立つ、アルバイトらしき若い男性店員は顔を真っ赤にして抗議した。

「嘘ですよ！　この人はナイフで脅してきたんです。レジのなかの紙幣をすべて寄越せともいった」

制服警官は困惑の表情を浮かべながら、手帳にペンを走らせていた。「ええと。ちょっと待ってくださいよ……。それであなたは差しだしたんですか。お金を」

「はい」と店員はうなずいた。「レジを見ればわかるでしょう。お札《さつ》は根こそぎなくなってる。おまわりさん、さっき防犯カメラの録画も確かめたじゃないですか」

「観るには観ましたけどね。こちらの……槌谷さんとおっしゃるかたがカウンターに身を乗りだして、あなたと顔を突き合わせているのはわかります。でもあいにく、手もとはおでんの鍋の陰になって映ってなかったでしょう。だからなんとも、ねえ」

すると店長らしき中年が口をはさんできた。「あの体勢は不自然だと思わないんですか？　ふつうお客さんがカウンターに両肘《りょうひじ》をつくなんてことは……」

槌谷は高飛車にいった。「あんた、その瞬間は店内にいなかったのに、よくも客に対して偉そうなことがいえるな。俺はタバコを買おうとしてただけだ。ラークの番号がよく見えなかったんで前のめりになったんだよ。ナイフだとか脅しだとか、まして札束を奪ったなんて、まるっきりなんの話かわからねえ」

もうひとりの警官が槌谷に歩み寄ってきた。「よろしければ、ボディチェックさせてもらえますか」

「いいとも」槌谷は両手を高々とあげてみせた。「さっき、あんたの相棒もやったけどな。好きなだけ調べてくれ」

警官は槌谷の全身のポケットを丹念に撫《な》でまわした。結果、所持品が財布ただ一点のみ、それもごく少額の硬貨しかおさまっていないことを確認し、納得したようだった。槌谷はスニーカーと靴下まで脱いでみせた。凶器も札束もありはしない。持っていない物が見つかるわけがない。

店員は怒りのいろを浮かべていた。「こんなはずないですよ！　たしかにナイフを握ってました。お札もわしづかみにして奪ったんです」

「うーん」警官は首をかしげた。「そのう、あなたが奪われたってお金、こちらの槌谷さんはどこに仕舞いましたか？　どのポケットですか？」

「さあ、ええと……。カウンターに前かがみになっていて、こう、手もとに寄せるように滑らせて……。それからはどうしたかよく見てません」

「はん！」槌谷は鼻で笑ってみせた。「居眠りして夢でも見てたんじゃないのか。いい加減にしねえと名誉毀損《きそん》で訴えてやるぞ」

店長は眉間《みけん》に皺《しわ》を寄せつつ警官に申し立てた。「おまわりさん。この青年は私が採用しました。実直でまじめな大学生です。嘘をつくなんてとんでもない」

警官は弱り果てたようすだった。「でもねえ……。その瞬間には、あいにく店内にほかのお客さんもいなかったし、誰も犯行を目撃してない。槌谷さんはずっとここに立ってたのに、凶器もお金も持っていない。これはちょっと不自然ですねぇ」

ざまをみろ。槌谷は、苦虫を嚙《か》み潰《つぶ》したような表情で黙りこむ店長と店員を横目に、内心せせら笑っていた。

備えあれば憂いなし。第三者の証言がなければ警察は本腰をいれられない。事件性ありと判断できなければ、捜査と呼べる段階に移ることは不可能だ。

そのとき、警官たちがぼそぼそと会話する声が、槌谷の耳に届いた。

巡査が小声で告げている。「刑事課に連絡するとかそんな状況でもないし……。この店舗の警備会社にでも相談してみるか？　防犯カメラの映像を解析できるかどうか」

もうひとりは無言でうつむいていたが、やがてつぶやくようにいった。「どうせ民間に問い合わせるなら、たしか今夜は凜田先生が那覇署に来てただろ」

槌谷は耳をすました。いま凜田ときこえたが……？

「ああ」制服警官がうなずいた。「そうだな。竹富町の海水淡水化事件の報告で署長と会ったとか。まだ近くにいるのかな？」

「今晩はホテルに泊まって、明朝東京に戻るってきいたさー。協力してもらえるか電話してみるか、駄目もとで」

　ふたりの警官はしばらく話しこんでいたが、やがてひとりがこちらを向いて告げてきた。

「東京から鑑定家の先生がおみえになってるので、呼びたいと思うんですけど。もうちょっとお待ちいただけますか」

　鑑定家。これまた想定外の事態が訪れようとしている。いったいどんな専門家が来るのだろう。

　十分少々が過ぎた。開いた自動ドアに、ひとりの女性が現れた。槌谷はぎょっとして立ちつくした。

　レザーのコートにブーツ姿、緩くうねったロングヘアに猫のような瞳《ひとみ》。いちど会ったが最後、永遠に記憶に刻まれるであろう美貌《びぼう》の持ち主。あれから五年は経っているのに、当時とまるで変わらぬ初々しいルックスがそこにあった。

　凜田莉子のほうも驚いたように目を丸くしていた。「前にどこかで……」

「そう」槌谷はいった。「会ったことがあるよ。石垣島から羽田に向かう飛行機で」

「あー！」莉子はそのクールな容姿に似合わず、無邪気な笑みとともに駆け寄ってきた。

「槌谷さん？　おひさしぶりです。その節はどうも、いろいろご面倒をおかけしました」

「いや、いいんだよ」思わず苦笑が漏れる。どんな人物が現れるかと思いきや、規格外の幸運の女神が舞いおりてきた。「それにしても立派になったな……。いくつになった？」

「二十三です。槌谷さんもお元気そうでなによりです」

警官ふたりと、店長、そして店員はぽかんとしたようすでこちらを眺めている。

槌谷は腹の底から高笑いしたい心境だった。警察が援軍を要請して、駆けつけたのがこの女の子とは、滑稽《こっけい》にもほどがある。どんないきさつで鑑定家なる職に就いたか知るよしもないが、あの天然ぶりがたった五年で人並みに改善されるとは思えない。

店長は莉子に対し、おずおずといった。「あ、あのう。ここで起きたことをかいつまんでご説明いたしますと……」

「いえ」莉子はカウンターに歩み寄った。「あらましはきいてます」

ふいに槌谷は妙な胸騒ぎを覚えた。莉子がまっすぐに目指したのはレジではなく、煮え立つおでんの鍋《なべ》だった。

鍋に顔を近づけて、鼻をひくつかせる。においをかいでいるらしい。莉子は店長にきいた。「このおでん、強盗騒ぎ以降に販売しましたか？」

「いえ。ご覧のとおり、お客さんが寄りつけない雰囲気になっちゃってるんで」

「そうですか、よかった。この鍋、具を取りだしてからお湯を冷蔵庫にいれてください。絶対に飲んじゃいけませんよ。健康を害しますから」

心臓に杭《くい》を打ちこまれたような衝撃とは、まさにこのことだ。槌谷は唐突にめまいを覚えた。

店長が目を瞠《みは》った。「け、健康を害する？　どういうことですか」

「たしかに存在したはずのナイフが消えたのなら、どこか手近な場所に処分したんでしょう。鍋のお湯は濁ってもいないし、底に刃物が沈んでいるわけでもない。けれども、かすかに腐臭がします。ガリウムで作った刃が投げこまれたんです」

巡査があわてたようすで手帳にペン先をあてがう。「凜田先生。ガリウム……ですか？」

莉子は落ち着き払った声でいった。「元素記号はＧａ、原子番号31の銀白色の卑金属です。融点が二十九・七八度とかなり低いので、沸騰したお湯にいれればすぐに溶解します。無色透明だからまるで見えなくなります」

「そのガリウム製のナイフを……槌谷さんが所持していたというんですか」

「液体化しやすいので、刃の形をした鋳型に流しこんで冷やせば、誰でも簡単にナイフらしき形状が作れます。手のなかに隠し持って鍋の上に運び、落としてしまえば処分できる。防犯カメラの位置を意識していれば、映像の記録に残すことなく実行できるでしょう」

「ということは、いつでも冷やせば固まるわけですか」

「ええ。だから冷蔵庫にいれることをお薦めしているんです。お湯が水になった段階で、もうガリウムは再結晶化しますから」

物証が手に入ると知ったからだろう、店長と店員は目のいろを変えて菜箸《さいばし》を手にし、おでんの具を取り除き始めた。

警官たちの冷やかな視線が突き刺さる。槌谷はうわずった声をあげた。「な、何をやってるのか知らねえが、たとえ鍋から変な物が見つかっても、俺とは関係ないぞ。刃物がお湯に溶けこんでるって？ へえ。だからどうした。奪った札束とやらは？」

莉子は冷静な口調できいてきた。「槌谷さん。打ち明けてくださいますか。それとも夜が明けて十時ぐらいまで待ちますか」

「十時？ なんの話だよ」

「石垣島にお住まいでしょう？ タバコを買うためだけに那覇にでてきたわけじゃないですよね？ ココストアしかない島じゃ、強盗した後お金を持って逃走せざるをえない。でもローソンなら別の方法があるでしょう」

莉子はカウンターの下部を指さした。赤塗りの小型郵便ポストが設置されている。

「ああ！」巡査が額に手をやった。「なるほどな。投函《とうかん》したわけか」

「そうです」莉子がうなずいた。「強盗を働く前に、ポストに大きめの封筒を半分ほど差しこんでおいたんです。封筒の口は開けておき、糊《のり》をつけておく。奪った札束を封筒のなかに滑りこませて、封をし、ポストに落としてしまえばいい。防犯カメラにも映らない死角です」

槌谷の全身に凍《い》てつくような寒気が襲った。まるで見ていたかのような口ぶりだ。

莉子の指摘したとおりだった。あらかじめ切手を貼り、俺の家の住所に宛てた封筒が、いまポストにおさまっている。そして中身はレジの金。

郵便の収集は朝十時。ポストの鍵《かぎ》は郵便局員しか持っていないし、収集時もなかの袋ごと持ち去るだけだからばれない。そう思っていた。だがこの場で回収されてしまったら、動かぬ証拠以外のなにものでもない。八方塞《はっぽうふさ》がりだった。

逮捕が確定的になっても、槌谷は黙りこくっていた。せめてもの抵抗だった。運命のときが訪れるのを遅らせる行為でしかない、そう判っていても無言を貫くしかなかった。

警官が歩み寄ってきた。「あとの話は署に行ってから……」

すると莉子がいった。「待ってください。槌谷さんとふたりきりで話してもいいですか」

槌谷はどきっとした。巡査たちも顔を見あわせている。

だが、この場における莉子の威光と権限は絶大だった。警官らは退き、代わりに莉子がゆっくりと近づいてくる。

大きくつぶらな瞳がじっと見つめてきた。莉子は静かに告げた。「槌谷さん。いますぐにお認めになれば、五年前のことはおまわりさんたちに伏せておきます」

息の根が止まるほど度肝を抜かれる。槌谷は激しく動揺した。「ご、ご、五年前っていったい……そりゃなんの話……」

「あの脅迫の音声ですよ。あなたのしわざでしょう。当時からお金に困っていたあなたは、北海道へ行かねばならなかった。でも手もとにあったのは石垣島の〝無料で上京〟チケットのみ。だから録音物を仕掛けたんです。あの状況なら、機長はいったん目的地を変更せざるをえない。北海道での滞在費も、振り替え輸送の旅費も航空会社持ちになる」

「ばばば……馬鹿いうなよ。千歳のホテルからは一歩も外にでられなかったんだぞ」

「厨房《ちゅうぼう》服のタグにバーコードって、あれレンタルユニフォームでしょう。一着から借りられるし、身につけていればホテルの関係者用の動線を通れる。そのホテル指定の服でなくとも外部の業者の可能性があるから、呼び止められることは少ない。あなたはコックさんじゃないでしょう。ただ宿泊先を抜けだすために用意してあったんです」

「違うって。忘れたのかよ。俺は外国船で働く調理師……」

「厨房服と一緒に、船舶関係とわかる英文の書類を見られたから、咄嗟《とっさ》の思いつきでそう口走ったんでしょう？　金《きん》の箔押《はくお》しでタンカーを象《かたど》ったロゴ、日本金融船舶協会の外国船籍向け承認書類です。あなたは海外のある特定の船舶会社に関し、航行許可証の取得を代行した。入国時の積載量検査を協会の石垣港湾岸支所で、出国時の検査を小樽《おたる》港支所で受ける契約を結んだんでしょう。原則、二回とも同じ港に書類を提出するのが義務だけど、五年前の法律なら、あなたのおこなった方法でも協会の認可が下りたし」

「何を喋《しゃべ》っているのかさっぱりだ。船がどうしたって？」

「問題は船より積み荷ですよ」莉子は真顔でいった。「あの許可証は金《きん》やプラチナの定期輸送船に対し与えられるものです。沖縄と北海道では重力に差があります。緯度が二十度違うため重量が〇・一パーセント異なってくる。だから、たとえば金《きん》の延べ棒百トンを積んだ輸送船が北上した場合、航路の途中でこっそり別の船へ百キログラムの金《きん》を移し変えても、二か所の協会支所の検査では数値に違いがでない。申告に不備なし、積み荷にも問題なしと運輸局に報告される」

「お、俺が金《きん》を百キロくすねてた男に見えるか？　それも定期的に」

「もちろん見えません。コンビニ強盗だし、お召しになっている服も靴もバザーか特売でしか買えない東南アジア製だし。あの書類の提出代行は、暴力団みたいな密輸組織から請け負った仕事でしょう？　協会の支所には身分証明書を提示しなきゃいけない。だから実行犯グループは、あなたみたいにお金で動いてくれる人を必要としたんです」

はらわたを抉《えぐ》られるような物ぐるおしさ。槌谷は息をすることさえ忘れていたせいで、むせて咳《せ》きこんだ。

「槌谷さん」莉子の目が鋭く光った。「生活が厳しいのはわかります。でも日銭を稼ぐために手段を選ばないという姿勢では、いずれ身を滅ぼします。あなたのために、どれだけの人が迷惑を被ったと思いますか？　責任の重さを痛感すべきです」

「か、勘弁してくれよ」槌谷は切実な自分の声をきいた。「五年前のことを追及しないでくれ。真実を打ち明けたら、あいつらにどんな目に遭わされるかわかったもんじゃない。依頼主がどこの誰かなんて、口が裂けてもいえねえ」

「いまでは改正法が施行されて、あの種の密輸はできないでしょう。実行犯グループとは手が切れているのでは？」

「そう思いたいけど、またいつ連絡がくるかわからないんだよ。情けない話なのは重々承知してるが、俺みたいな薄汚れた輩は闇社会の御用聞きを務めるしかねえんだ。近いうちにも別の書類提出業務で声がかかるかも……」

「断れないんですか？」

「とんでもない。いちど関わったら縁は切れねえ。最低だよ。ほんと最悪だ」

莉子の表情は穏やかだった。「心配いりませんよ。今後はもう、そういう団体からのアプローチはなくなります」

「なんだって？　どうして？」

「あなたがコンビニ強盗未遂で逮捕されるからですよ。警察に前科者として顔写真と指紋が残るから、密輸の実行犯グループが必要とする代行者ではなくなります。公的機関への書類の提出をまかせるのは、警察に記録のない人でなければ」

そうか……。たしかにそうだ。過去いちども逮捕されていないがゆえに、俺は頼りにされてきた。しかし前科持ちとなれば話は違ってくる。

ふと莉子の言葉が気になり、椥谷はきいた。「強盗未遂って……？」

「あなたは奪ったレジのお金を、まだこのお店から持ちだしてはいません。すなおに罪を認めれば未遂で処理されるでしょう。わたしからもお口添えします。初犯なんだから執行猶予がつく可能性も充分にあります。五年前の出来事も黙っておきます……」

椥谷は唖然《あぜん》とした。ぼんやりと莉子を見つめる。

思いがけない慈悲に接し、魂を奪われたような実感だけが疼《うず》く。すべてを見抜いたうえで庇《かば》ってくれるのか。寒気もしだいに薄らいでいった。これが情の温《ぬく》もりというやつか。

しばしの静寂の後、莉子はささやくようにいった。「あれからずっと考えてたんですけどね、槌谷さん」

「あん？　何だい？」

「たとえしゃっくりを止めるためでも、包丁を突きつけるなんて、やっぱり好ましくありません。身体に傷を負わなくても、心が傷つくでしょう。悪くすれば永遠に癒《い》えないかも。特に夫婦の関係であれば」

「……違いないな」槌谷は思わず微笑した。「きみのいうとおりかもしれん。波照間島のご両親は？　仲良くしてるかい？」

「ええ」莉子は顔をほころばせた。「おかげさまで」

そうか。よかった。槌谷はつぶやいた。

少女は、その純真な心のまま成長していた。いまや限りなく大きな存在になっていた。出会っただけの他人の生きざまにすら影響を与えるほどに。

床に落ちてばかりいた目を、店内に転じる。店長がアルミホイルに似た物質をトングの先に挟《はさ》み、警官にしめしている。水面で再結晶化したガリウムだろう。

ふたりの警官の視線が、揃ってこちらを向く。無言のうちに槌谷の意思をたずねてきている。

槌谷は警官たちにうなずいてみせた。肩の荷が下りた。ため息とともにそう実感した。

クリスマスイヴ

角川書店に入社四年目、二十六歳になる宮牧拓海《みやまきたくみ》は、自分の外見はそれなりにイケていると考えていた。

痩《や》せているし脚も短くない。今夜のように派手ないろのスーツも無難に着こなしている。なぜかぎょろ目ばかり印象に残ると知人に指摘されてばかりだが、そこは個性だ。顔のパーツはいたってバランスがとれていると宮牧は自負していた。

それでも、女子社員が揃って艶《あで》やかなパーティードレスに身を包む今宵の社屋では、ひとりで会場に降り立つ勇気はない。同僚にはさいわいイケメンがいる。ドジだし、冴《さ》えない輩《やから》なので喋らせるとぼろがでるが、俺の相方として物静かに立たせておけば、いい客寄せになる。女性のほうから声がかかる可能性すらあるだろう。

千代田区富士見一―八―十九、瀟洒《しょうしゃ》なインテリジェントビルそのものといった風情の新社屋。引っ越して半年経つが、まだ慣れない。三階、編集局の一角にある職場『週刊角川』編集部を覗《のぞ》いたが、すでに消灯していて居残り組はゼロだった。あいつ、どこにいったかな。

エレベーターで一階ずつ上昇したが、無人のフロアばかりがつづいた。六階のメディア局に至ってようやく、小会議室の扉から光がこぼれているのに気づいた。近づいてみると、小笠原悠斗《おがさわらゆうと》がひとりテーブルで書きものをしていた。

「ここにいたか」宮牧はいった。「じきにパーティーだってのに、また『少年エース』の残業でも手伝わされてんのか？」

長身で痩せてはいても、いつもと同じ会社員然としたスーツのせいでいささか野暮ったく見える。それでも髪は今風に伸ばしているし、わずかに褐色に染めているのだから、初対面の異性からはお洒落《しゃれ》に受けとめられたりもするだろう。細面で鼻が高く、あごは女のように小さい。ジュノンボーイ風のルックスながら、性格はおとなしい草食系という印象でもある。

小笠原は顔をあげなかった。「角川学芸出版の仕事だよ。もう少しで終わるから」

「学芸出版？」呆《あき》れた話だと宮牧は思った。「いったい何をやってるんだ？　俺たちは週刊誌の記者だろうが。なんだよ、そのリストは。印刷所の名前ばかり書き連ねて」

「問題集を出版するための下調べ。過去の大学入試の問題用紙から、版下のデータを持っている印刷所を一覧にしてる」

「入試の問題用紙に印刷所の表記なんてあったっけ？」

「ないよ、表向きはね。どこで刷ってるか受験生に知られるわけにもいかないしな。でもページの折り目に小さな数列があるんだよ」

「数列だって？　どの大学の問題用紙にもあんのか？」

「ああ。印刷所を奥付に表記しない印刷物は、この数列コードがどこの製版かをあらわしている。角川グループパブリッシングは社団法人日本書籍出版協会に属しているから、社員証のＩＤ使ってデータベースにアクセスすれば照合できるんだ。学芸出版の人も企業秘密にしてることだから、内緒だよ」

「なにが内緒だ。おまえ、角川と名のつくグループ各社の雑務にどんどん詳しくなってるじゃねえか。ゆうべも角川プロダクションの課長から問い合わせがあったぞ、ケロロ小隊のイベント用着ぐるみがどこの倉庫に仕舞ってあるか知ってるかって」

「置き場所がないから十階のアスキー・メディアワークスの納戸を使わせてもらっているって、キャラアニの人にきいた。タママだけは西新宿四丁目の住友不動産ビル」

「おまえはなめられているんだよ。記者として評価されねえからいつも編集部で原稿ばっかり書かされる。ずっと社内にいるからあれこれ頼みごとを押しつけられちまう。さあ、来い。そんな仕事は後にしろ」宮牧は小笠原の腕をつかんで、ぐいと引き立たせた。

小笠原は抵抗の素振りをみせなかったが、不服そうにいった。「今夜じゅうに角川シネマ有楽町の座席表を清書しなきゃ」

「角川シネプレックスまで手伝ってるのかよ。関わってないのはもう角川博《ひろし》だけだな」

ようやく小笠原を廊下に連れだした。エレベーターホールまで近道しようとコミック編集部への通路を急いだが、行く手には警備員が立っていた。

警備員は険しい目つきで睨《にら》んできた。「きょうは入れませんよ」

「ああ、そうでしたね。すみません。うっかりしてた」宮牧は通路を引きかえした。

小笠原はふしぎそうな顔で歩調をあわせてきた。「どうして突っ切れない？」

「編集総務部からのメール読んでないのかよ。年末年始は大型連載のデータ原稿が編集部内に置きっぱなしになってるから、たとえ社員であっても勤務時間外は立ち入り禁止だってさ。きょうはクリスマスイヴだけど、土曜だからな。一日じゅう警備員が立ってる」

「大型連載って、例の『ハルヒVSリリカルなのは』か？」

「近ごろは漫画もパソコンで描いて、データで入稿するのが主流らしくてな。もう連載十か月ぶんの原稿ができあがっていて、中国と台湾で同時発売するための翻訳に入ってるってさ。海賊版には神経を尖《とが》らせてる。生原稿と違って、デジタルデータは一括コピーできちまうからな」

下りのエレベーターに乗りこむ。以前の社屋とは違い、エレベーターのなかにコミックやアニメ関連のポスターが貼られることはない。あの秋葉原のソフマップのようなエレベーターが懐かしかった。いまは無味乾燥で渋すぎる。

パーティー会場になっている二階に降り立つ。なぜか、エレベーターホール前のクロークに人だかりがしていた。

どうしたのだろう。長テーブルでフロアの一角を囲んで設けられたクローク内には、ハンガーラックがずらりと並び、預けられた上着が無数に掛けられている。担当の係になっている社員たちが右往左往しているのがわかる。群がる面々はみな迷惑そうな表情だった。

宮牧はそのなかに上司の姿を見つけた。「編集長。何かあったんですか」

白髪頭に細身ながら目つきのすわった初老、荻野《おぎの》甲陽《こうよう》が振りかえった。「おう、宮牧か。それに小笠原。おまえらはクロークに上着を預けてねえのか」

「はあ？　上着って、みんなコートじゃなくジャケットを預けたんですか？」

「貸衣装屋が上着だけ洒落たやつを大量に搬入してきてな。パーティーでさまになるってんで、誰もがジャケットを着替えたんだよ。おまえら、その上着は自前だな？　ラッキーな奴らだ」

「ラッキーって……?」

「なんでもついさっき、女性社員がとんでもない光景を目撃したらしい。クロークに立ち入った何者かが、預かりものの上着に次々とナイフを突き立てていったんだと」

小笠原は驚きのいろを浮かべた。「ほんとに? 誰の上着が被害に遭ったんですか」

「それがな」荻野は頭を掻《か》きむしった。「女性社員は、乱入した男がたしかに十数着、つづけざまにナイフで貫いたと証言してるんだが……。その辺りのハンガーラックにあった上着をぜんぶ調べても、ひとつとして穴が開いてないんだ」

宮牧は苦笑せざるをえなかった。「何ですかそれ? どっきりとか?」

荻野はむっとした。「余興なんかじゃねえ。クローク内のすべてをひっくり返して探したみたいだが、被害に遭った上着は一着も見つからねえとさ。状況がはっきりするまでクロークを閉めるとかいいだしたんで、なら俺の上着を返せとみんなが詰め寄ったら、見てのとおり大騒動でな」

「そりゃ物騒なところに預けとくわけにはいきませんよね」

「まったくだ。俺のジャケット、サヴィル・ローのオーダーメイドなんだぞ。知ってるか、サヴィル・ロー。背広の語源ともいわれてるロンドンの老舗仕立屋だ」

小笠原が辺りを見まわした。「変ですね。新社屋じゃ社員証のICチップで出入りを管理してるのに……。まだゲストを迎える時間でもないのに、誰がどうやって侵入したんでしょうか」

宮牧は同僚の発想に唖然《あぜん》とした。「なにいってんだよ。穴のあいた背広なんか一着もねえんだぜ？　その女性社員ってのが誰かは知らないが、酒でも飲んでたんじゃないのか。あるいは、ほかの社員が預かりものの上着にブラシをかけてたのを誤解したとか」

「ブラシをナイフに見間違うのか？　そんなことあるのかな……」

ふいにフロアの奥で悲鳴があがった。ざわっとした驚きが広がる。

今度はなんだ。宮牧がそう思ったとき、小笠原が駆けだした。人垣を掻き分けて、パーティー会場の奥へと向かう。宮牧もその後を追った。

天井まで届くクリスマスツリーに煌《きら》びやかな飾り付け、角川マガジンズのデザイナーが腕を振るったというデコレーションは見事なものだったが、いまや参加者たちの視線はひとりの女性に注がれていた。

叫び声をあげたのは、宮牧もよく知っている飯倉《いいくら》専務の妻、登紀子《ときこ》夫人だった。いつも派手ないろのドレスの着こなしと、過剰なほどのアクセサリーで知られる夫人は、なぜかひどく取り乱していた。人目をはばからず狼狽《ろうばい》をあらわにしている。

「ネックレスが！」登紀子は周囲の社員に訴えていた。「わたしの真珠のネックレス！

襟巻《えりまき》をかけなおそうとこのテーブルに置いたのよ。ほんの一瞬だけ目を放した隙《すき》に消えちゃったの」

パーティー会場に張り詰めた空気が漂いだす。沈黙のなか、猜疑心《さいぎしん》に満ちた視線が交錯し合う。

なんてこった。宮牧は内心毒づいた。土曜に出社させられた挙句、女子社員との交流もなくトラブル多発。それも内部犯行の疑いありだ。全員が容疑者になっている以上、ひとり抜けだして帰宅することも許されまい。

編集長の荻野も迷惑がっているようだった。近寄ってくると小声でささやいた。「厄介だな。警察を呼ぶ事態になったら不名誉なことこのうえない。小笠原。わかってるだろ」

「はい？」小笠原はぼんやりと応じた。「なんでしょうか」

宮牧は直感した。「鈍いな。このあいだ一階のエントランスで、ダイヤの盗難を防いだ友達がいたろ」

「友達……」

「そう。友達だ」宮牧は思わず語気を強めた。「おまえがあんな美人といい関係になりつつあるなんて、俺は認めねえからな。凜田莉子さんに来てもらおう。友達として頼め、いますぐに」

誘い

例年、クリスマスイヴの夜には、莉子の店は繁盛する。プレゼントでもらった品物をさっそく換金しようと、質屋に持っていく前に立ち寄って真贋《しんがん》をたしかめようとする客が多い。

もっとも、少額ながら鑑定料を申し受けるので、それなりに高価買い取りが期待できそうなアイテムのみが持ちこまれる。層も幅広く、老若男女あらゆる人々が訪れる。

住所は新宿区、お濠《ほり》と神田川が交わるあたりに連なる商店街。雑居ビルの一階に〝万能鑑定士Q〟がある。美容サロンを改装した店内は、広くはないがシンプルモダンのインテリアでまとめてあった。艶消《つやけ》しのアルミとガラスを使った、無機質でシャープな印象の家具。わずかに青みがかった透明なデスクに黒革張りの椅子、客用のソファが数脚。三年前の開店以降、莉子がこつこつと買い集めたものだった。

「んー」莉子は額縁を手にして見いった。古いクリスマスカードが何枚かおさまっている。

いずれもヴィクトリア朝のイギリスで印刷されたものだという。「これと、これは本物ですね。後は残念ながら……」

依頼人は、大学で教鞭《きょうべん》を執っているらしい五十代後半の講師だった。老眼鏡で拡大された両目がいっそう見開かれる。「まさか。そんなに多く偽物が？」

「年号がいずれも一八三〇年代です。クリスマスカードが印刷されるようになったのは一八四三年、ヘンリー・コール卿《きょう》がリトグラフ印刷で千枚ほど作らせて以降のことです。とりわけこの右端のカードは、日本人もしくはアジア人による贋作です」

「どうして断定できるんですか？」

「カードに描かれた貴婦人たちが、いずれもティーカップを両手で持っています。右手の指を持ち手《ハンドル》にかけて、左手は底に添えている。アジア人のお茶の飲み方ですよ。イギリスでは、ぬるいという抗議のゼスチャーです」

「ああ、なるほど。たしかにそうですなぁ。談笑しているし、全員がお茶の温度に不満を抱いている絵とは考えにくいですな」

笑いあったとき、デスクの上で電話が鳴った。どうぞ、と大学講師が勧める。莉子は受話器に手を伸ばした。「申しわけありません、ちょっと失礼します」

莉子は通話に応じた。「お電話ありがとうございます。万能鑑定士Qです」

「凜田莉子先生？」やや気取ったような男性の声がきこえてくる。「私ども、ゴールデン《G》・プログレス《P》商会の浪滝琉聖《なみたきりゅうせい》が主催する、宝石鑑定トーナメントへの御招待状をお送りさせていただきましたが、ご覧いただけましたでしょうか」

業者からの電話だった。GP商会が大手の宝石商であることは知っているが、イベントに興味はない。それらしき手紙は受け取った気がするものの、よく覚えていなかった。なにより、宝石の鑑定でトーナメントって……。

「すみません、きょうは立てこんでおりますので。ごめんなさい」莉子は受話器を戻した。決して口先だけの弁明ではない。事実、大学講師がしきりに礼を述べながら立ち去った後も、続々と来客があった。

カシミアコート姿、長いつけまつげの若い女性は、グッチの未開封のショッピングバッグとギフトボックスを三個持ちこんできた。

三つとも中身は同じハンドバッグらしいが、別々の男性からのプレゼントだという。おねだりしておいて、もらったとたんに売りに行くとは。贈ったほうもお気の毒……。

莉子はいった。「これらふたつは本物。もうひとつは偽物です」

「マジで？」女性が驚きの声をあげた。「なかを見なくてもわかるんですか」

「ええ。森林管理協議会《FSC》のロゴが入っていますから。グッチは環境問題に取り組んでいて、ロゴはその証しです。偽物にはそれがないし、リボンがいまだにポリエステル。本物ならコットンに変更されてます」

「さすがぁ。これをくれた人はもう会わなくてもいいかな。じゃ、ドンキの買い取りコーナーに行きますから」

鑑定料の支払いを済ませた女性客が退出するとき、莉子は自動ドアの外に、ふたりの若いスーツ姿の男性を見た。顔馴染《かおなじ》みの宮牧拓海、もうひとりは小笠原悠斗だった。

一瞬、心が躍りかけたが、すでに次の客が入店してきていた。莉子はガラス越しに、小笠原に微笑みかけた。手で合図する。少し待ってて。

店の外で宮牧は、腑《ふ》に落ちない気分で小笠原にささやきかけた。「おい。どうなってる」

小笠原が、白い息を弾ませながらたずねかえしてきた。「なにが？」

「おまえ、凜田さんとそれなりに仲良くなってるんじゃねえのか」

「さあ……。どうなんだろ。こっちはそのつもりだけど、向こうはどう思ってるか」

「なんだよ頼りない。ほんとに友達扱いとはな。いや、来てるのに気づいておきながら外で待たすなんて、それ以下の認識かもな」

「お客さんがいるんだから仕方ないだろ」

「デートに誘ったか？　まさか、まだ手をこまねいているんじゃないだろうな」

「それは」小笠原は当惑のいろとともに口ごもった。「そのう……」

「情けねえにもほどがあるな。いまどき小学生でももうちょっと積極的だぜ」

「クリスマスイヴはどうしようかって話はしたんだけど、出社日だって伝えたら、それっきりで」

「ただちに埋め合わせの日程を調整しなくてどうする。イヴに会社の行事を優先してそのままじゃ、彼女がへそを曲げるのも無理はねえ」

「でも、凜田さんも仕事だっていうし。年末年始は書きいれどきだって」

「おまえが誘わないからだ。だからいま復讐《ふくしゅう》されてる」

「復讐って？」

「言葉のとおりだ。たぶんこのまま閉店まで立たされるんだろうな。吹きっさらしのなかをよ。誰かさんのせいで」

「なんでそんなに不安ばかり煽《あお》っ……」

ふいに店の明かりが消えた。小笠原がぽかんとして自動ドアのなかを覗《のぞ》きこむ。

すでに客は退店していた。ハーフコートを羽織った莉子が外にでてきて、閉じた自動ドアに鍵《かぎ》をかける。

宮牧は問いかけた。「あ、あの、凜田さん。店のほうはもう……？」

「閉店」と莉子はいった。「ふたり揃って現れたってことは、社内でなにかトラブルでしょう？　行きましょう」

「鋭いなぁ、あいかわらず……。パーティーに誘いにきただけかもよ？」

莉子は覚めた目で小笠原を見た。「ならいくらなんでも、いつもと同じスーツってことないだろうし」

「ははは」と宮牧は乾いた自分の笑い声をきいた。「こいつには困ったもんだね」

小笠原はおずおずといった。「ごめん……。会社のパーティーなんて、上役の接待に明け暮れるだけだし、誘うのも失礼かなと思って」

するとと莉子は微笑した。「いいの。わかってるから。急ぎましょう、なにが起きたか知らないけど」

そういって莉子はさっさと歩きだした。

宮牧のなかで、また不満がくすぶりだした。小笠原にささやきかける。「なんでぇ。そこそこうまくやってるじゃねえか」

「つかず離れずだけどな」小笠原はふと、何かに気づいたかのように宮牧に目を向けてきた。「っていうより、どんな状況を期待してたんだ？」

侵入者

小笠原は角川書店本社ビル二階のパーティー会場に戻った。

同行した莉子は、すでにクロークの奥深くに分け入って調べものを始めている。宮牧のほうは、場内に足止めされた役員たちの機嫌をうかがうべく、あちこちをめぐって愛嬌《あいきょう》を振りまいていた。

上着の大半が返却されたこともあり、クローク前の人だかりは解消されている。小笠原はそこに歩み寄った。

犯行の目撃者として名乗りをあげた女性社員は、いまだに証言を翻していない。たしかにナイフの刃は上着を貫通していたという。確実に被害に遭ったと彼女が記憶している上着のみ、ハンガーラックに残してあった。数えてみると十三着、色はグレーやブラウンなどさまざまだった。

小笠原はクロークに立ち入り、上着の背を眺めた。じっくり観察しても、針で開けた穴ひとつ見当たらない。どの上着も無事そのものだった。ナイフを突き立てられたとは、冗談としか思えない主張だ。

莉子はどう思っているのだろう。小笠原はクローク内を見まわした。すると、莉子はなぜか上着に目もくれず、四《よ》つん這《ば》いになって床をうろつきまわっていた。

「り、凜田さん」小笠原は声をかけた。「いったい何をしてる?」

「現場はよく見なきゃ。つい先日の那覇でもそうだったし」

「那覇で……。事件でも起きたの?」

「もう解決したけどね」莉子は一点を見つめて静止した。「あった。幅は約二センチ、刃渡り十センチ。証言にぴったり合う」

果物ナイフらしき刃物をつまみとる。長テーブルの下に落ちていた、
小笠原は女性社員を呼んだ。「きてください。目撃したナイフはこれですか?」

管理局の財務経理部に勤める女性社員は、小走りに駆けてきて莉子の手もとを見つめた。

「そうです! これに間違いありません」

莉子は身体を起こし、なおもナイフを眺めまわした。「へんね。エッジに砥石《といし》がかけてある。〇・五ミリほど刃こぼれしてるみたい。これじゃリンゴの皮も剝《む》けない」

しばし熟考しているようすの莉子が、ふと何か思いついたようにハンガーラックに向き

直った。

いくつかの上着の表面をさすってから、莉子は女性社員にきいた。「侵入者はどのようにナイフを刺したんですか?」

「ええと……。片手で上着の裾《すそ》をつかんで、斜めに引っ張りだして、それからナイフを裏側にいれて」

「こうですか」莉子は言葉どおりに実践した。

「はい。その状態で下から刺したんです。刃が上着の背に突きだしたのが、はっきりと見えました」

「ってことは、こうやったわけですね」

グサッという音とともに、莉子はナイフを上着に貫通させた。銀いろに光る刃が背広の真ん中に出現している。

女性社員が悲鳴をあげた。近くにいた社員たちがいっせいに振り返る。

「な」小笠原は信じられない光景に、血管をも凍る思いだった。「なにをするんだ。凜田さん……」

だが莉子は、平然とした面持ちでナイフを引き抜くと、その傷口を指先で軽くこすった。すぐに上着の裾から手を離した。

うろたえたようすの女性社員が、大急ぎで上着をハンガーラックから取り外して広げる。

直後、女性社員は呆気《あっけ》にとられたようにつぶやいた。「あ、あれ……？　穴が開いてない」

まさか。小笠原も身を乗りだして上着の背を凝視した。莉子がどこを刺したかは正確に記憶している。たったいま目にしたばかりだ。

ところが現実は、女性社員のいうとおりだった。ナイフが刺した痕跡《こんせき》はどこにもない。

思わずつぶやきが漏れる「こりゃいったい……？」

莉子が静かにいった。「ツイード、サージ、綿のギャバジン、柔らかいウーステッドに、ホームスパンのウール。十三着はそれらのいずれかに該当するの。ナイフのエッジが落としてあるせいで、上着に対し垂直にナイフを押しこめば、先端が糸を切らずに寄り分けて、生地を傷めることなく穴を押し広げるのよ。ナイフを抜いた後、こすれば穴は消えて元に戻る。多少のコツは要るけどね」

まだ衝撃が冷めやらない。鳥肌が立つのを覚えながら小笠原はきいた。「し、侵入者は生地を識別したわけか？　穴の開かない上着だけ狙ったって？」

「ええ。刺さなかったのは絹だとかクレープ織り、ブロード、それに麻の上着。糸が切れちゃうし、針の穴ですらはっきり残るし」

わが目を疑うほどの意外な真相だった。誰がどんな目的で、こんな酔狂なわざを披露したというのだろう。

小笠原は女性社員にたずねた。「侵入者の顔は見ましたか？」

女性社員は怯《おび》えた顔をしていた。「ニットの帽子をかぶってマスクをしていたので……。突然のことだったし、すぐに長テーブルを乗りこえて人ごみのなかに消えちゃったし」

帽子とマスクを外してしまえば、百六十人からの社員に紛れこめる。いや、犯人はそのなかにいるのかもしれない。内部の犯行など疑いたくもないが……。

そのとき、宮牧が足ばやに近づいてきた。「凜田さん。専務の奥さんが相談に乗ってほしいってさ。一緒にネックレスを探してくれって」

「行こう」小笠原は莉子をうながした。

莉子もうなずいてクロークを抜けだし、人で賑《にぎ》わうパーティー会場へと歩きだした。

祝賀ムードはどこにもない。迷惑そうな面持ちでたたずむ群れがそこかしこに存在するだけだった。

恨めしいほど煌《きら》びやかなクリスマスツリーの傍らで、宮牧が登紀子夫人に莉子を紹介した。「奥様。こちらが凜田さんです」

「まあ」登紀子はおろおろしながら莉子にすがった。「主人からいつも話をきいております。どうか力をお貸しください。この世にふたつとない物ですから、発見できればすぐにわかります。大粒の南洋真珠が連なってる、それはそれは見事な輝きを誇る……」なぜか莉子は、どこかしらけたような顔で応じた。「超大粒の二十ミリ珠が三十個ほどつながってますよね。光があたるとうっすらと金いろを帯びる」

「は、はい。……どうしてご存じなの？」

莉子はクリスマスツリーを指さした。「それじゃないんですか？」

何のことだろう。小笠原は意味がわからず途方に暮れた。しかし、注意深く観察すると数秒、たちどころにその対象が認知の表層に浮かびあがった。

直径二センチの真珠が連なる……。あった。ネックレスは、クリスマスツリーの飾りのひとつとして溶けこんでいた。

登紀子も気づくまで時間を要したらしい。ようやく叫びに似た声をあげた。「ああ！なんてこと。あんなところに」

小笠原はツリーに歩み寄り、枝にかかったネックレスをそっと取り外した。玩具《がんぐ》めいた装飾品とは異なる、高級な質感が見てとれる。だが、それもいまになってわかることだ。全員の目につく場所にぶらさがっていながら、誰ひとりとして存在に気づかなかった。

ネックレスを受け取ると、登紀子は大はしゃぎで満面の笑みとともにいった。「心から感謝します、凜田先生！　マリア様の御加護がありますように。メリークリスマス」

「ど、どうも」莉子は恐縮したようすで頭をさげた。

　登紀子が役員たちと歩き去っていくと、宮牧が小笠原にささやいてきた。「飯倉専務の家って真言宗じゃなかったか？」

「いいんだよ。信仰の自由だ」小笠原はため息をついてみせた。「それより、何だったんだろうな。一大事かと思いきや、あっけなく丸くおさまった。ひところは警察に通報するかどうかの瀬戸際だったのに」

　莉子も首を傾げた。「たとえおまわりさんを呼んでも、事件としては扱われなかったでしょうね。実際に上着に被害を与えたり、ネックレスを持ち去ったりしていれば警察の捜査が始まる。でも何者かは騒動を画策しながらも、事件の認定は避けようとした」

「ただの愉快犯かな？　思いつきで騒ぎを起こそうとしたとか」

「ネックレスだけならね。でも上着のほうは事情が異なるでしょう。ナイフを準備してきたんだし」

　違いない。わざわざ手のこんだ真似をするからには、それなりに理由が……。

　ふと群衆のなかをうろつく制服が目にとまった。警官とは似て非なる服装。しかもその顔には見覚えがある。

小笠原ははっとして走りだした。人を掻《か》き分けて警備員に近づく。「待ってください」

警備員は振りかえった。「はい？」

「あなた、さっき上にいた人ですよね。六階のメディア局コミック編集部の通路に」

「そうですよ。無線で呼ばれたんで下りてきたんです。トラブルが起きたときいて」

「こ、交代要員は？　誰かほかの警備員さんが六階にあがったんですか」

「いえ。駐車場のほうの警備もこっちにきてますから。クロークでも騒動があったとかで、人手が足りないんです。よくわからないんですが、その後どうなったかご存じですか？」

動顚《どうてん》しながら小笠原は振りかえった。同僚はすぐ後ろに駆けつけていた。小笠原は呼びかけた。「宮牧」

宮牧はすでに状況を理解したらしく、真顔でうなずいた。「コミック編集部の人間をひとり引っ張ってくる。先にあがっていてくれ」

駆けだした宮牧の背を見送った莉子が、不安そうな面持ちを小笠原に向けてきた。「どうかしたの？」

「一緒に来てくれないか」小笠原は焦燥とともに告げた。「犯人の狙いは漫画部門の二大看板スターだよ。ハルヒとなのはだ」

一テラバイト

宮牧が連れてきたのは『ヤングエース』の漫画編集者、二十代半ばの舛井《ますい》蘭《らん》という女性社員だった。ほかのパーティー参加者と同じく、ドレスとハイヒールできめていた蘭は、六階のエレベーターホールからコミック編集部までのわずかな距離ですら、ずいぶん走りにくそうだった。

小笠原は蘭にきいた。「手を貸そうか」

「あ、ありがとう」蘭は微笑した。「でもだいじょうぶだから」

とたんに莉子が難しい顔をして追い抜いていった。宮牧も「ちっ」と舌打ちしてから通り過ぎていく。

なんだ？　そんなに誤解を招くような行為とは思えないが。それとも宮牧がよく指摘するように、俺が鈍すぎるのか……。

第一から第三コミック編集部への入り口は、たしかに警備員も消えて無人だった。宮牧が社員証のカードをセンサーに押しつけて解錠する。ドアを開けると真っ暗だった。

すぐに蘭が壁のスイッチをいれて照明を灯《とも》した。全面ガラス張りの壁面に囲まれた縦長のフロア、奥へと事務机が整然と連なる。当然ながら誰もいなかった。

宮牧が蘭にきいた。『ハルヒVSリリカルなのは』のデータはどこに?」

「こっち」蘭は通路を足ばやに歩きだした。「十か月ぶんの連載原稿でRGBモードのフルカラーだし、解像度も千二百dpiだから容量は一テラバイトにもなるの。担当編集者のパソコンには入りきらない」

コピー機が並ぶ隣りに、外付けハードディスクドライブつきのHP製ワークステーションがある。モニターは消えていた。電源ランプも灯っていない。

ほっとしたようすで宮牧がいった。「よかった。まだ手つかずのままか」

蘭がコンピュータ本体の電源スイッチを押したが、とたんにその表情が曇った。「へんね。もうモニターが点《つ》いた……。起動早過ぎじゃない?」

莉子がうなずいた。「シャットダウンでなくスリープ状態だったのかな。でも、いまだに電源ランプがつかない。どうして?」

モニターにパスワード入力画面が現れた。蘭がキーを叩《たた》いたが無反応だった。

「もう。なんで?」蘭はじれったそうに、繰り返しキーボードの上で指を躍らせた。なおもコンピュータはいっこうに入力を受け付けない。

「待って」と莉子が手を伸ばして蘭を制した。「このキーボード、別のパソコンの物でしょう？　キーの『カタカナ』って表記の〝タ〟が、漢字の〝夕〟っぽくなってる。DELL社のキーボードの特徴。プラグはUSB端子に嵌《は》まるけどHP社とは互換性がないタイプ」

「あー」蘭は目を丸くした。「いわれてみれば、たしかにそう。キータッチの感触が全然ちがう。これ、同じフロアの総務部の備品よ」

莉子はワークステーションに耳もとを近づけた。「ディスクドライブの音がする。電源ランプは……油性ペンで塗りつぶしてあるのね。誰かが作動していないように見せかけたんだわ」

周りのデスクをあさっていた宮牧が、キーボードをひとつ抱えて駆け戻ってきた。「これ使えないかな？　HP製だけど」

すぐさま莉子がそれを受け取る。「ありがとう。たぶんつながるはず」

キーボードを接続した莉子が、ワークステーションの真向かいをふたたび蘭に明け渡す。

蘭がキーを叩くと、今度こそパスワード入力欄に＊のマークが並んだ。

画面が切り替わってOSが起動する。開いたウィンドウに現れたのは『データ送信中』

の文字だった。

蘭は目を瞬《しばた》かせた。「そ、送信中って……？」

小笠原は身を乗りだしてマウスをつかんだ。アイコンをクリックしてプロパティを表示する。

画面に出現した情報に息を呑《の》まざるをえない。小笠原は読みあげた。「フォルダ haruhi-vs-nanoha を送信しています。通信速度百Mbps。現在六パーセント……」

「まさか」蘭は手で口もとを覆った。「フォルダごとネット経由でどこかに送ってる。止めなきゃ」

マウスを滑らせた蘭が、ウィンドウのなかの『送信中止』をクリックする。ところがなぜか、新たなパスワード入力画面が開いた。キーを叩いたが、エラーの表示がでるのみだった。パスワードが違います。

蘭は悲鳴に似た声をあげた。「やばいって！　別のパスワード制限を施してる」

小笠原は思いつくままを口にした。「ネットとつながってるコードを抜いちまおう」

「よしきた」宮牧がデスクの下に潜りこむ。小笠原もそれに倣った。

アナログの極みともいえるアイディアだったが、これほど有効な手段はほかにない。本体につながるあらゆるプラグを端子から外した。ほどなく本体は、外界から完全に隔離された鉄の塊にすぎなくなった。

顔をあげてモニターを見ると、さっきとは別のエラー表示がでていた。『送信失敗　接続が絶たれました』とある。

蘭が心底ほっとしたように、陽気な声でいった。「よかったぁ。フォルダ全体の送信が完了しなきゃ、データは一個たりともファイル化しない。原稿は一枚も開けないのよ。さて、送信先のアドレスを調べてみるかな」

安堵《あんど》を覚えながらも、小笠原は空恐ろしいものをかんじていた。

用意周到かつ巧妙な計画だった。警備員を排除するためにパーティー会場で騒ぎを起こす。けれども警察が来たのでは、階上も調べられる恐れがある。事件として扱われることなく、パーティーも中止させずに、できるだけ長く混乱状態を持続させる。それが犯人の意図だった。あのクロークとネックレスの騒動は、まさしく目的に適《かな》った演出だったといえる。

ところがそのとき、ひとり浮かない顔をしている莉子が目にとまった。

小笠原はきいた。「凜田さん。何か気になることでも?」

「ええ」莉子は神妙につぶやいた。「百Ｍｂｐｓじゃ一時間ごとに四十五ギガバイトしか送れない。一テラバイトなら丸一日かかるでしょう」

宮牧が頭を掻《か》きむしった。「明日《あした》は日曜だし、そのまま放置されると思ったんじゃないかな」

「……いえ」莉子は外付けハードディスクの表層をさすりまわした。「侵入してデータにアクセスできたんだから、もっと実用的な方法があったはず」

このハードディスクドライブは、いにしえのビデオカセットのサイズのカートリッジが八つおさめられる構造になっていた。格納口はすべてふさがってカートリッジの側面が見えている……はずが、莉子が触れたとたん、そのうちのひとつがぽろりと落ちた。

「おい！」宮牧がぎょろ目をさらに剝《む》いた。「どうなってるんだ、それ」

黒く塗っただけの厚紙の切れ端をつまみあげて、莉子はいった。「偽装ね。カートリッジがひとつなくなってる。持ちだされたみたい」

「大変」蘭がデスクの下を覗《のぞ》きこんだ。ゴミ箱を引っ張りだして中身をあさったが、カートリッジはなさそうだった。

だがその代わりに、蘭はくしゃくしゃに丸めた紙片を拾いあげた。それを広げたとたん、慄然《りつぜん》とした面持ちでいった。「見て。バイク便の伝票よ。編集部によく出入りしている業者」

「ああ」小笠原はうなずいてみせた。「社員なら電話一本で呼んで引き渡せるな」

ネットでの送信は見せかけだった。犯行目的がデータの奪取であることが発覚してからも、パソコンの前に釘付《くぎづ》けにさせる腹積もりだったのだろう。あえて時間のかかる送信方法で、まだデータが犯人の手に渡っていないと思わせる。そこまで計算したに違いない。

小笠原は伝票の宛先《あてさき》を読んだ。「郵便番号559-0034。大阪府大阪市南港北1-56-16。宛名の田中幸二ってのは偽名くさいな」

蘭が険しい表情とともにいった。「でも送り先の住所が明記してあるんだし、バイク便の会社に伝票番号を伝えれば阻止できそうね。夜通し走っても、大阪に着くのはさすがに朝方だろうし」

宮牧がデスクの電話に手を伸ばした。「もう警察に通報すべき段階だよな。窃盗なのは明白だし。こいつの住所にパトカーが飛んでいったほうが効果あるだろ」

しかし、またしても莉子は同意をしめさなかった。「待って。犯人はバイク便なんかだしていない。入手した伝票に記入して、控えの用紙を破って捨てただけよ。大阪の人じゃないし、都内在住なら二十三区以外」

「へ？」宮牧は頓狂《とんきょう》な声をあげた。「まさか、これも囮《おとり》だってのか？　でもどうして……」

「郵便番号は正しいけど、住所から〝住之江区《すみのえく》〟が抜け落ちてる。市名の次に区名を表記する習慣が備わっていない人に多いミスよ。区に住んでいないから不自然さを感じないのね」

「ってことは……。バイク便すら利用せずに、犯人が自分で持ち去ったのか。目くらましを取り払ってみれば、なんのことはない。ただの侵入盗じゃねえか」

莉子が蘭にきいた。「ほかに盗まれた物は？」

「ええと」蘭が辺りを見まわし、憂いのいろを浮かべた。「棚が空っぽになってる。見本《みほん》本《ぼん》が根こそぎ消えてる……」

小笠原は衝撃を禁じえなかった。「見本本って、年明け早々発売のコミックとか？」

「そうよ。一巻につき十冊ずつおさめてあったはずなのに」

犯人はサイバー犯罪の使い手などではない、慎重かつ大胆不敵な窃盗犯だった。大阪ではなく、近場に住んでいる可能性もある。HDDをコピーできるデバイスにたどり着かれたら終わりだ。その直後からデータは無限に複製されてしまう。

宮牧が蘭を見つめた。「コミック編集部って正社員しか出入りできないんだっけ？」

「いえ」蘭は首を横に振った。「ほかの部署より準社員が多く採用されてるの。なにしろ忙しくて雑務も多いから……。平日には十人前後のバイトが出入りしてる」

小笠原はきいた。「バイトもICチップ入り通行証を持ってるんだよね？　パソコンのパスワードも知ってるとか？」

「……ええ。仕事内容によっては」蘭はふと思いついたように告げた。「この階の編集総務部に準社員の履歴書が揃ってる。調べてみる？」

それしかないだろうと小笠原は思った。会社が新年早々、大打撃を受けるかどうかの瀬戸際だ。警察に通報などと悠長に構えている場合ではない。自分たちで動くしかない。

追跡

メディア局の編集総務部に立ちいるのは、小笠原にとってこれが初めてのことだった。

舛井蘭が履歴書の束を取りだしてきて、テーブルに並べる。「コミック編集部が採用しているバイトは三十六人。うちパソコンの操作をまかされている者は十七名。臨時雇いのデザイナーやOSのバグチェックのための緊急要員も含んでる」

宮牧は、それら手書きの履歴書とバイク便伝票を見比べていた。「この伝票と同じ筆跡の奴はいないいな」

莉子が一枚の履歴書を引き抜いた。「伝票はかく乱目的の偽装にすぎないんだから、友達にでも書かせているでしょう。最も可能性があるのはこの人」

小笠原はその履歴書を見つめた。名前は庵原《いはら》陽輝《はるき》、二十九歳。定職に就かずフリーターらしい。住所は八王子市片倉《かたくら》町。実家はクリーニング店と書き添えてあった。

ふんと宮牧が鼻を鳴らした。「上着の生地に詳しいわけだ」

二輪免許あり。角川書店でアルバイトを始めたのは今年に入ってからで、それ以前は近くの宅配ピザ専門店に半年間勤めていた。人事部が問い合わせて確認したらしく、そこでの勤務態度はいたって真面目《まじめ》と追記してある。

蘭が唸《うな》った。「うーん。元ピザ屋さんって、漫画のデータ原稿なんか盗みそうに思えないけど」

莉子の大きくつぶらな瞳《ひとみ》が光った。「泥棒はそれ以前から計画していたことよ。宅配ピザで働いたのは、バイクで逃走するためのルートを学習できるから。裏道とか一方通行の道とか、先輩が同行する研修で徹底的に教えこまれるの」

「すると」小笠原はいった。「高速の入り口まで最短ルートを抜けて逃走したわけか。それ以降は中央道を八王子へまっしぐら」

「いいえ。一年以上も前から近辺の道路を覚えて、犯行の際には何重ものカモフラージュで陽動を謀ってるのよ。この人の単独犯とは思えない。HDDカートリッジは雇い主のもとに届けにいったと考えるのが適切でしょう」

蘭は一冊のファイルを取りだしてきた。「これ、バイトの勤務記録表」

宮牧が受け取ってページを繰る。「ええと、庵原陽輝……と。あった。ときどき早退してるな。シフト表でも調整がついていない。察するに、当日になって急に申しでることが多かったんだな。雇い主からケータイに呼びだしでもかかったのかな」

小笠原も勤務記録表を目で追った。「早退の理由は特に書いてないな。行き先もわからない。あ、でも三月十七日だけ連絡先が記入してある。鹿村モータース、電話番号は〇三―三二三七……」

「ああ！」蘭がぽんと両手を叩《たた》きあわせた。「それだったら覚えてる。バイクの修理でしょ？　ライトのヒューズが切れかかって暗くなってるとかで」

「へえ」宮牧が意外そうな面持ちできいた。「舛井さん、この庵原って男と面識があるの？」

「そうじゃないけど、編集部に何度となく電話があったのよ。『鹿村モータースですけど庵原さんいますか』って。いないって答えると、いつも同じ伝言を頼んでくるの。交換部品が届いているから、いいかげん取りに来てくださいって。うちの部長がキレて、ようやく五月ぐらいに直したらしくて、その後は電話が来なくなったんだけどね。あの庵原さんか。ふうん」

宮牧が口をとがらせた。「正社員の手を煩わせるとは厄介なバイトだな。鹿村モータースが黒幕とは思えないけど、いちおう電話してみるか？」

小笠原は思わず苦笑した。「クリスマスイヴの土曜だぜ？　営業してないだろ」

そのとき、莉子がテーブルを離れてパソコンのデスクに向かった。「使ってもいい?」

蘭がうなずいた。「どうぞ。ただし、ネットしか見れないわよ。人事部の社員じゃないとデータベースにはアクセスできないし」

「ネットで充分」莉子はそういってマウスを滑らせた。しばらく検索にふけってから、どこかのサイトをブラウザに表示した。

さらに何度かマウスをクリックしてから、莉子が厳《おごそ》かに告げた。「千葉県習志野《ならしの》市宿按《すくあん》。庵原って人が向かったのはたぶんそこ」

「何⁉」小笠原はあわてて駆け寄った。「どうしてわかるんだ?」

「これ、東京電力のサイト内のページ。表のいちばん左の欄は日付、真ん中は計画停電が予定された場所、右端は実施された場所。条件付きでエリアの絞り込み検索も可」

「計画停電……。そうか、今年の三月といえば震災があったんだ」

「ライトのヒューズが切れかかっていたなら、以前から明るさが充分でないことに気づいていたはずでしょう。でも、三月十七日になって急に直そうとした。それも予約の必要な大型店でなく、個人経営のお店に飛びこんだ。できれば夜までになんとかしたいと思ったんでしょうね。街ごと真っ暗になる地域に向かうから」

「三月十七日の日没後、計画停電が予告されていた場所ってわけか。でも、該当箇所は首都圏にたくさんあっただろ？」

「後日、部品が届いたと連絡を受けたのに、庵原さんはなかなか鹿村モータースに行こうとしなかった。暗闇での走行に不便を感じたのなら放置しないでしょう。三月十七日の夜、停電が予定されていたのに実施されなかった。さらに翌日以降、計画停電の予告がいっさいなかったとも考えられる。以上の条件で絞り込み検索をした結果、該当するエリアは三件。相模原市南区相模大野《さがみおおの》一丁目から三丁目、三郷《みさと》市三郷一丁目と二丁目、習志野市宿按一丁目から三丁目。うち相模大野と三郷は駅があるから、バイクの走行が困難なら電車を利用したはず。三月十五日に鉄道は計画停電の対象外になってるのよ」

蘭が感心したようにつぶやいた。「すごい……。でも、たぶん当たってると思う。バイクの修理をした日以外、早退の理由も行き先もあきらかにしてないし」

ゆえに庵原が雇い主と会っていた、その疑いはたしかにある。推論でしかないが、ほかに手がかりはゼロだった。確率の高さに賭《か》けるしかなさそうだと小笠原は思った。

宮牧は天井を仰いだ。「なるほどねぇ、千葉方面か。イヴを犯行当日に選ぶわけだな。湾岸線東行きは、ディズニーランドに向かうクルマの列で大渋滞だよ。二輪ならすいすい抜けていける」

小笠原は腕組みをした。「いまどのあたりだろうな」

「首都高環状線から湾岸線、東関道か。順調にいっていれば、船橋に差しかかるころかもな」

身の毛もよだつ思いだった。習志野まですぐだ。電車を乗り継いでも追いつけるはずがない。ましてクルマなど使いものにならない。

莉子も困惑のいろとともに沈黙していた。彼女にすら、追跡のための妙案はひねりだせないらしい。

すると、だしぬけに宮牧が声を張りあげた。「会長のヘリだ！　あれなら浦安ヘリポートへひとっ飛びだろ」

常軌を逸した思考だ。小笠原は苦言を呈した。「急に飛べるものなのか？　飛行許可とかややこしいことも必要だろうし、燃料だって注入しなきゃいけないんだろ。だいいち、あれは会長専用じゃないのか」

「社長は幕張メッセに行くのに使ってるぜ？　忙しいなか会社を抜けだして『なのは』の同人グッズを買うには、空を移動するしかないっていってた」

「ああ……。このあいだ千葉までヘリで出張したとはきいたけど、同人グッズ買いに行ってたのか？」

ふいに莉子の目に輝きが宿った。「小笠原さん。それしかない。社長さんが『なのは』

って作品に理解があるなら、ヘリを飛ばしてくれるかも」

凜田さんまで……。小笠原は絶句した。

いや。たしかに、会社の命運を左右するビッグ・プロジェクトの原稿データが盗まれたからには、英断が下る可能性もある。むしろ、そう信じたい。放置すれば数十分後、この本社ビルが大きく揺らぐことは必至なのだから。

素敵

会長のヘリを借りるというプランは『無理』のひとことで却下された。パイロットもいないのに突然飛べるわけがないだろう、管理局総務部の人間にそう申し渡された。

だが代わりに、旧グランドプリンスホテル赤坂の跡地にオープンしたばかりの、紀尾井ヘリポートに行ってはどうかと提案を受けた。震災以降、首都機能が集中する千代田区に災害対策として設けられたが、今年のイヴは新木場の東京ヘリポート、そして千葉の浦安ヘリポートへと巡回する遊覧コースが運行中だという。

予約なしに乗れるかどうか怪しかったが、タクシーでヘリポートに乗りつけてみると、意外にも当日客ばかり十数人が列をなすていどだった。宣伝が不充分だったのか、係員も浮かない顔をしている。

小笠原は率先して係員に事情を話し、名刺を押しつけて、ご協力いただければ来年のクリスマス前には『東京ウォーカー』で大々的に告知します、そこまでいいきった。

列に並ぶことなく、四人は揃って離陸準備中のヘリへと案内された。エクセル航空のシコルスキー式S76型、双発タービンエンジンの空飛ぶリムジン。ソファのようなレザーシートに乗りこみシートベルトを締めると、機体は早速浮上した。上昇中も揺れはまったく感じない。エレベーターも同然の安定感だった。

キャビンのなかで、宮牧が騒音を凌駕《りょうが》する大声で告げてきた。「おまえ、他誌掲載が確約できるなんて、役員か何かか。っていうより『東京ウォーカー』は角川マガジンズの発行だぞ。角川書店とは別会社だろうが」

「いいんだよ」と小笠原も怒鳴りかえした。「一般の認識じゃ角川って名前でひとくくりにされてるだろうし」

莉子と蘭は並んで座り、手にしたiパッドの画面に見いっている。無言のまま、莉子はタッチパネルに指先を走らせていた。

「で」宮牧がいった。「習志野に着いたらどうすんだ。宿按の一丁目から三丁目っていっても、かなりの広さだろ」

小笠原は宮牧を見つめた。「飛べといったのはおまえだぞ」

「もちろん俺だ。でもその後のプランニングまで請け負っちゃいねえ」

蘭が声を張りあげた。「あそこまで綿密に潜入と奪取を計画してたんだから、裏で糸をひいているのは個人じゃないでしょう。業者よ」

宮牧が肩をすくめた。「見本本もごっそり盗んでるからな。ブックオフとか？」

莉子は険しい表情で首を横に振った。「ブックオフは同じ本を複数は買い取ってくれないの。プレミア価格も考慮しないから、人気作だろうと値段はほかと同じ。チェーン店をまわって一軒ごとに一冊ずつ売る手もあるけど、バイクのガソリン代で赤字になる」

「だな」小笠原も同意見だった。「プレミア品高価買い取りを謳《うた》ってる、中古コミック本業者……ってとこだろうな」

「ええ。〝習志野市宿按〟と〝コミック〟のキーワードで検索すると、トップに表示されるのはこれ」

iパッドの画面が小笠原の目に向けられる。いかにも地方という感じの広大な駐車場、その中央に赤塗りの平屋建てがあった。壁面には白ペンキで〝マンガ・CD・DVDお売りください〟と大書してある。

ここか。小笠原は妙な納得感とともにつぶやいた。「オクタゴン習志野店。有名どころだよ。漫画やライトノベルを電子書籍化する、自炊代行で問題になった店だね」

宮牧もうなずいた。「出版業界が反発してるのに、聞く耳を持たずに自炊サービスをつづけてる。『ジャンプ』から『ワンピース』だけまとめてコピーした本を、正規の単行本の前に売りだしたり、もうやってることが無茶苦茶だってな。オクタゴンなら、雇ったバイトを出版社に潜りこませるぐらいやりかねない」

キャビンの天井の電光掲示板に文字が流れる。館山自動車道上り、事故のため通行止め。

窓から眼下に目を転じると、東関道にヘッドライトの川が滞っていた。闇のなかに青白く浮かぶシンデレラ城も、すでに後方に消えつつある。もう千葉県に入っていた。

あの光の帯のなかにバイクが埋没しているのを祈るだけだ。追い越せればまだチャンスがある。とんでもなく見当違いの方向に突き進んでいるのでなければ。

正体

国道三五七号線沿い、本来なら暗闇に埋没するはずの田畑のなかに、オクタゴン習志野店の赤い看板が照らしだされている。

駐車場はほぼ満車状態だった。ヤンキーっぽいデコレーションを施したワンボックスや、シャコタンぎみのセダンが大半を占める。イヴの今夜は、もてない男たちの巣窟《そうくつ》と化す。俺も人のことはいえないが。

庵原陽輝は駐車場にカワサキのゼファー750を滑りこませた。ヘルメットを脱ぐと、大きく膨らんだスポーツバッグをさげて、達成感とともに意気揚々とエントランスに向かう。

萌《も》え系のキャラ看板やフィギュアが所狭しと並ぶ店内、異常な密度でひしめきあう漫画の棚。迷路のような谷間を抜けてレジに向かう。

いつものように、頭髪の薄い小太り、眼鏡をかけた中年男が待ちかまえていた。暖房がきいているとはいえ、この季節に半袖《はんそで》Tシャツ姿の変わり者だった。上着といえるのは店のロゴが入ったエプロンのみ。

店長の古閑碧人《こがあいと》と目が合った。次の瞬間には、もろ手をあげて大はしゃぎと相成るに違いない。

庵原は堂々と胸を張って歩み寄り、あえて勿体《もったい》をつけた動作でスポーツバッグをカウンターに載せた。

古閑の反応は、庵原の予想とは異なっていた。妙にびくついた反応をしめしながら古閑はきいてきた。「な、なんだ?」

おどけた態度は冗談のつもりだろう。バッグを軽く手で叩《たた》いて、庵原は勝ち誇った気分とともに声を張った。「大収穫。店長のいったとおり、万事うまくいきました。根こそぎですよ」

ところが、古閑の顔に笑いは浮かばなかった。頬筋がひきつり、額にはうっすらと汗がにじんでいる。目はさかんに泳いで、庵原の肩ごしになにかを見つめて静止した。

妙に思って、庵原は古閑の視線を追って振りかえった。

真後ろに立っていたのは、スマートでお洒落《しゃれ》な雰囲気を漂わせた美男美女のカップル。男のほうのスーツが少々野暮ったいものの、表参道か代官山あたりをデートしていそうなふたりだった。

リア充がこんなところに何の用だ。庵原は内心毒づいた。

女性は古閑を見つめて、落ち着いた物言いで告げた。「ずいぶん大きなカバンですね」

「え？」古閑はなぜかおろおろしながら応じた。「これは、そのう、そう。バッグだよ」

「見ればわかりますけど。中身は何ですか」

「だから、バッグだって」

「なかもバッグなんですか？」

「う……うちの商品だよ。中身は」

「商品？　なかに入っているのはバッグじゃなくて商品ですか。どんな？」

「バ、バッグが商品なんだよ」古閑は額の汗をぬぐった。「うちはバッグも扱ってるんだ」

「へえ。意外ですね」女性は庵原に目を移してきた。「こちらのかたは？」

「そりゃ、そのう、バッグ職人だよ。作って卸しにきてるんだ」

庵原は戸惑いとともに口をはさんだ。「なんの話かさっぱり……」

すると古閑がぴしゃりといった。「おまえは黙ってろ」

険しい目つきに、庵原はようやく事情を悟った。

この男女が私服警官とは思えない。だが、今夜のことを追及しに現れたのだろう。口裏を合わせねば。庵原はごくりと唾《つば》を飲みこんだ。

女性が庵原を見据えてきた。「ほんとに職人さんですか」

「そうだよ」変にうわずった自分の声に、内心いらっとする。庵原は黙ってうなずいた。

「どんなバッグを作ってるんですか」

「ええと」庵原はでまかせを口にした。「どんなって……。いろいろだよ。こういう大きな物からハンドバッグまで」

「バッグとカバンの違いは？」

「ち、違い？　バッグとカバン……。同じ、いや、違いがあったかな」

「サイズです。ハンドバッグは幅四十五センチまで。使用するミシンの懐が狭いからです」

「ああ。なんだ。そういう話なら、いましようと思ってた」

するると女性のまなざしは冷やかさを増した。「カバンとハンドバッグ、ひとりの職人が両方を手がけることは不可能です」

思わずのけぞりそうになる。庵原は震える声で訴えた。「不可能って、そんなふうにいわれてもさ。現に俺は作ってるんだよ」

「いいえ。無理です。ハンドバッグの芯地《しんじ》の使い方と革のスキ方は、カバンづくりに必要な技術とはまるで種類が異なる、繊細な職人芸です。両者には別々の専門家がいるんです」

「あ、あのね。カバンの製造とか販売は実家の副業にすぎないんだよ。だからあまり詳しくない。じつは鴨川シーワールドでイルカの世話をしているんだ」

「すると、イルカに飲み水を与えたりするんですか」

「そう。水も飲ませるし、ジャンプの特訓もさせるし……」

「あなたは飼育係じゃありません。イルカは食物を通じて水分を摂取するんです。海水を飲むと、病気にかかり死んでしまうし」

「ひ……引っかけ問題かよ」

　男性のほうが口をきいた。「館山自動車道の上りは通行止めだそうですが。鴨川シーワールドからどうお帰りになったんですか？」

「いや、それはだな、東京方面から来たんだよ。いいにくかったから飼育係のふりをしたけど、ほんとはレストランに食肉を卸してまわってるんだ。真っ赤な血が滴る、極上のステーキが好評で……」

　女性は表情を変えなかった。「お肉は市場にだす前に血抜きをするので、ステーキから血はでません。赤い液体はミオグロビンという色素です。食肉業者さんじゃありませんね。もういちど伺いますけど、その膨らんだカバンの中身は？」

「これはその」腰砕けな返答を情けなく思いながら、庵原はいった。「本当のことというとね、なんでもないんだ。サービスエリアの自販機で缶コーヒーを買おうとしたら、当たりが連続したので」

「自動販売機の当たる確率は二パーセントと公取委が告示しています。当たりつき棒アイスと同様です。カバンがはちきれそうになるほど当たりが連続したりはしません」

なんという知識の幅広さと、頭の回転の速さだろう。でたらめとも思えない。庵原は悶《もん》絶《ぜっ》せざるをえなかった。

そのとき、店の奥からもうひと組の男女が現れた。やはり年齢は若く二十代半ば、男のほうはスーツ姿のぎょろ目。女は……どこかで見たような……。

その女性が淡々と告げてきた。「庵原さんだっけ？　バイトはクリスマスパーティーに呼ばれてないと思うけど、きょうは会社に何の用だったの？」

背中から水とはまさにこのことだ。庵原はたまげて失神しそうになった。

コミック編集部で何度か見かけた。角川の正社員だ。たしか名前は舛井蘭といった。いったいどうやって犯行に気づいたのだろう。事前に見抜いていなければ、ここで待ちかまえるなど不可能のはず……。

蘭は語気を強めた。「バッグを開けて」

「は、はい」庵原は自分でも驚くほどすなおに指示に従った。

開口部分から中身があらわになる。年明けの新刊コミックがぎっしり詰まっていた。

「これは何？」蘭がきいてきた。

もはや言い逃れはできない。しかし、たとえ逮捕されようとも、どこから盗んだのかはあきらかにすべきではない。

バッグの底に眠るHDDカートリッジだけは守らねば。あれは散々苦労した末に手に入れた、大金を握るための鍵だ。見つかってなるものか。

庵原はわざと横柄にいった。「ああ、盗んだよ。市川のアマゾンの倉庫から。通用口が開いてたから、魔が差しちゃってね。編集部が手がけた漫画がどんな物か読みたかったし」

ところが、ハンドバッグからイルカ、食肉にまで詳しかった例の物知り美人が、まっすぐに見つめてたずねてきた。「アマゾンの倉庫のどこにあったんですか？」

……詰め将棋も同然だ。次にどんなひとことを吐こうが、この女は確実に追いこんでくる。

これならどうだ。庵原は投げやりに吐き捨てた。「よく覚えてない。角川の新刊コミックの棚に行き着いたから手当たりしだいに盗っただけ……」

「無理です。アマゾンの倉庫内では、本を出版社別に分けてもいないし、五十音順に並べてもいない。整頓《せいとん》する時間を省くため、ごちゃ混ぜに棚におさめるんです。スタッフが持つ専用の端末にのみ、各商品の置き場所が登録されています。忍びこんで特定の漫画を盗みだすのはそもそも不可能です」

予想どおり一方的にやりこめられてしまい、庵原はすっかり打ち萎《しお》れて凋《しぼ》んでしまった。レジを見やると、古閑がぎょろ目に詰め寄られていた。きのうまで庵原の前では威張りくさっていた古閑は、いまや腑《ふ》抜《ぬ》けと化して弁明に明け暮れていた。「うちで売るつもりじゃなかったんです。指示を受けたんですよ。匿名の手紙をもらったんです」

ぎょろ目は古閑を睨《にら》みつけた。「編集部に人を送りこんで、データを盗《と》ってこいと書いてあったんですか？　その手紙はどこに？」

「ありますよ、ここに」古閑は棚を探ったが、取りだされたのは白紙だった。「あれ？　おかしいな。たしかに仕舞っておいたはずなのに」

みっともない三文芝居。雇い主の失墜ぶりをまのあたりにして、庵原も肩を落とさざるをえなかった。頼るべき後ろ盾はすでに失われている。頑張ったところで意味はない。

向き直ったとき、蘭はバッグの底に手を突っこんでいた。

はっと息を呑《の》んだ庵原が制止を呼びかけるより早く、蘭はＨＤＤカートリッジを引き抜き、高々とかざした。

蘭は低い声でつぶやいた。「これも弁当箱だとか言いわけしてみる？　今度は凜田先生がどんなふうに反証してくれるか聞きどころね」

凜田と呼ばれた女性が、冷めきった態度で庵原にきいてきた。「弁当箱なんですか?」

「……いえ」ハンカチと棒があれば白旗を作って振りたい気分だった。庵原はぼそりとつぶやいた。「HDDカートリッジです」

ピュア

わずかに霞《かすみ》がかっているせいで、闇夜に明滅するパトカーの赤色灯の波が、妙に美しく目に映える。

オクタゴン習志野店の駐車場を埋め尽くす警察車両は、いずれの車体にも千葉県警とあった。だが、制服警官とともに大挙して押しかけた私服のなかには、警視庁のキャリアとおぼしき質のいいスーツを頻繁に見かけた。都内の所轄からも出向いてきているらしい。巡査が無線に告げている。麴町《こうじまち》署の刑事課の方々がおいでになりました。

高速道路は依然として渋滞中ゆえ、彼らもヘリで飛んできたのだろう。被害に遭ったのが千代田区富士見の出版社である以上は、捜査員が駆けつけて当然だった。

店を追いだされた客たちが野次馬となって遠巻きに眺めている。その外に日本テレビとTBSの中継車が停まっていた。この近辺でイヴのようすを取材していて、パトカーの大移動に気づき追いかけてきたのかもしれない。上空を旋回するヘリも報道関係のようだった。

それでも、ついさっき庵原と古閑がパトカーで連行されていったこともあり、現場の緊張は徐々に緩和されつつある。西の空に花火があがっていた。音はかなりの時間差を経て、小さく耳に届いた。

小笠原はぼんやりと思った。ディズニーランドか。そういえば震災の影響が残る今年は客足が伸びず、イヴの夜も入場制限には至らないとニュースが予測していた。ここは習志野のはずれ。舞浜まではタクシーと電車を乗り継げば行ける……。

莉子が歩み寄ってきた。「やっと報告が終わった。もう帰っていいって」

「凜田さん。あのさ、ディズニー……」

そのとき、聞き覚えのある男性の声が割りこんできた。「ここにいたんですか。探しましたよ」

痩《や》せた身体つきの男が近づいてきた。年齢は三十代後半、髪も長めにしている。やや面長の馬面だが、私服警官のなかではハンサムの部類に入るかもしれない。とはいえ目には覇気がなく、無精ひげが生えていてネクタイも歪《ゆが》んでいた。

牛込署の知能犯捜査係、葉山翔太《はやましょうた》警部補はいつものごとく、どこか飄々《ひょうひょう》とした態度で話しかけてきた。「凜田さん。それに記者さんも一緒ですか。クリスマスイヴまで騒動の渦中とはね」

莉子は意外そうな顔をした。「葉山さん。わたしの店が所轄だから呼ばれたとか?」

「いえ。さすがにそんな理由で声はかからないのでね。けれども本庁から連絡を受けて、紀尾井へリポートに向かったのは事実です。どうしても今夜じゅうにご相談したいことがありまして」

「なんですか」

「ゴールデン・プログレス商会の宝石鑑定トーナメントの件ですよ。浪滝琉聖主催の。凜田さんにも招待状が来てるでしょう?」

「ああ。たしかさっきもそんな電話が……」

「飯田橋までお送りするついでに、署にお立ち寄りいただけますか。説明だけでもきいていただきたいので」

葉山にうながされ、莉子は並んで歩きながら遠ざかっていった。小笠原はひとり見送るしかなかった。

背後から歩み寄る足音がある。宮牧の声が告げてきた。「今宵はご縁がなかったということで」

皮肉ばかり口にしたがる男だ。小笠原は振りかえった。「きいてたのかよ」

宮牧は蘭と一緒にたたずんでいた。ふたりは、やれやれという苦笑ぎみの顔を見合わせてから、小笠原に向き直った。

蘭がいった。「こういっちゃなんだけど、あんなに頭のいい人を彼女にしたら大変じゃないかなぁ。学歴も凄《すご》いんだろうし、向こうの親とも話を合わせにくいかも」

小笠原は黙っていた。

かつては蘭と同じことを危惧《きぐ》し、不安を抱いたこともあった。けれども、莉子の故郷を訪ねたときに真実を知った。実家はごくふつうの家族が住む、古びた一戸建てだった。莉子自身、八重山《やえやま》高校で万年最下位の成績に甘んじていたという。あの博学ぶりは親ゆずりのものではない。かといって、俺が彼女と釣り合いがとれると証明されたわけでもないだろうが……。

戸惑いを覚えながらも小笠原はつぶやいた。「凜田さんはものすごくピュアで、頼まれたら嫌といえない性格なんだよ。だからいつも忙しい。今夜は仕方がないな」

「あん？」宮牧は不満そうな顔つきになった。「そういう性格とわかっているなら、おまえも強くでるべきだろうが。押しの一手だろ」

「いや……。それは凜田さんの優しさにつけこむみたいで、よくないと思う」

宮牧は呆《あき》れたようにいった。「ピュアなのはどっちだか」

遠ざかる莉子の背を無言で眺める。わかってはいる。でも彼女は常に、他人の幸せのために全力を注ごうとする。彼女の信念の支えになってこその彼氏候補じゃないか。その意味ではよくやっているほうだ、そう思いたい。

美人すぎる鑑定士

午前零時をまわっていた。グレーの十階建て、桜の代紋がなければ商社のビルにさえ思えるスマートなたたずまい。牛込警察署は大久保通り沿いの景観にすっかり溶けこんでいた。

莉子は刑事課と同じフロアにある狭い応接室に通された。向かい合わせのソファに腰を下ろしてすぐ、葉山が用件を切りだした。

「凜田さん」葉山はきいてきた。「浪滝琉聖の名はご存じですね？」

「ええ……。お名前だけは」

「宝石とアパレルの業界を事実上、牛耳っていると噂される大物です。ファッション業界のカリスマってやつでね。彼のゴールデン・プログレス商会の本社は河田町にあるので、牛込署の管内です。ゆえにわれわれも動かざるをえないわけでして」

「動くというと……」

「GP商会は年にいちど大みそかに、一億円の賞金とそれ以上の宣伝費をかけて、宝石鑑定士の優劣を決するイベントを開催します。それがこのトーナメントです。どのように競うのかは非公開ですが、例年、趣向を凝らしたゲーム性溢《あふ》れるルールが適用されるようです。優勝者はGP商会の認定証を受け取ります」

「へえ。その認定証を持っていると、それなりに箔《はく》がついたりするんでしょうか」

葉山は顔をしかめた。「まさか……。万能鑑定士とかいっておきながら、こんな有名な話に疎《うと》いなんて」

「あくまでお店の名前にすぎないんです、肩書じゃありませんから」

「それでもいちおう宝石も扱われるんでしょう？　宝石鑑定士は国家資格ではないので、GP商会の宝石鑑定トーナメントの参加者こそが、実質的に鑑定家として認められた証しになります。そしてその優勝者は、名実ともに日本で一番の鑑定眼の持ち主と見なされるんです。業界にその名が知れ渡るし、天皇皇后両陛下に献上される宝石の鑑定もまかされるのが通例になってます。さらにここ数年は、ロンドンのバッキンガム宮殿での〝The jewelry appraisal contest in the presence of her Majesty the Queen〟——日本のマスメディアが呼ぶところの〝御前鑑定〟に参加する名誉があります。日本代表の鑑定家としてね」

「ああ……。一月にエリザベス女王の前で宝石の鑑定を披露する催しですね。たしか日本人女性もひとり加わっていたはず」

「だから、それが前回の優勝者ですよ。蓮木愛美《はすきまなみ》、二十代の若さでテレビに出まくりの女流鑑定家です。父は資産家で母はプロのピアニスト。絵に描いたような大富豪の御令嬢でしてね」

「なるほどー、蓮木愛美さんですか。新聞や雑誌でもよく拝見します。急にでてきて、いきなり有名人になった印象がありましたけど、きっかけはGP商会のトーナメントですか」

「その通りです。彼女は今年も出場が決まっていますし、鑑定能力も抜きんでていて、二連覇はほぼ確実とされてます。当面、日本一の座は安泰でしょう」

莉子は首を傾げてみせた。「特に問題がありそうにも思えませんけど……。なにか捜査の必要があるんでしょうか」

葉山はしばし無言でテーブルに目を落としていたが、やがて身を乗りだして告げてきた。

「ここから先はオフレコで願いますよ。捜査員以外に打ち明けるような事例ではないですが、凜田さんには何年か前、璽北会《ジキタ》によるエメラルド密輸事件の捜査にご協力いただきましたし」

「あー。葉山さんと初めてお会いしたときの……」

忘れたい思い出だといわんばかりに、葉山は莉子の言葉を遮ってきた。「失礼。璽北会の解散後、宝石がらみで闇社会に台頭してきたのが浪滝琉聖なんです。まだ確たる証拠はありませんが、浪滝は現存する暴力団のすべてと深いつながりを持っているようです。今年七月、GP商会はそれらの暴力団から総額百七十億円もの支払いを受けています」

「百七十億円？」

「表向きは寄付だったり合法事業への献金だったりしますが、実際にはどの暴力団も密輸に絡んで各地の宝石商と裏でつながっていて、金はそこからでているようです。宝石商とは名ばかり、実態はいずれも密輸組織にほかなりません。本庁のマル暴が得た情報によれば、エセ宝石商たちは蓮木愛美を日本一の宝石鑑定士の座から引きずり下ろすことを画策し、浪滝にもそのように持ちかけたらしい。浪滝はそれを了承し、百七十億はその報酬のようです」

莉子は驚きを禁じえなかった。「ひとりの女性の権威を失墜させるために、そんな大金が払われたんですか？」

「スポンサーになった密輸業者は数百にものぼるんです。それぞれが数億円ずつ出資するだけで、合計額は異常なほど膨れあがった。じつは、GP商会のトーナメント優勝者というのは本来、闇社会と関わりのある宝石商の持ち回りみたいなものでしてね。互いにお抱えの鑑定家の社会的信頼を高めあい、裏の事業を拡大することで全員の利害が一致していたんです。ところがそこに蓮木愛美が現れた。過去にも何度か、まったくの部外者が優勝をかっさらうことはあったんですが、それはむしろトーナメントの公正さをアピールするうえで好ましいと浪滝も容認していたようです。しかし蓮木は違う。人気も実力もあるうえに若いから、今後もその座に留まる恐れがある」

「存在を疎まれている……ってことですか？」

「むろんです」葉山は大きくうなずいた。「密輸で儲《もう》けている宝石商たちにとっては、まさに目の上のたんこぶですよ。ダイヤの産出国を偽ったり、偽物を本物として販売したりする際に、取引先が従来の鑑定家では満足せず、蓮木愛美を連れてこようとする。お抱えの鑑定家ならすすんで偽装に応じてくれたのに、彼女は真相を暴いてしまう。密輸業者にとって死活問題です」

「じゃあ、今回のトーナメントでは蓮木さんが優勝できないように、なんらかの工作がおこなわれるとか……」

「いえ。すでに有名人ですから、優勝を逃したぐらいじゃ彼女を社会的に葬ることはできません。信頼を失わせるため、もっと悪質なやり方が横行する可能性が高いんです。どんな手を使うかはわかりませんが、浪滝も大金を受け取っている以上は徹底的にやるでしょう」

　ならばとるべき対策ははっきりしている。莉子はいった。「蓮木さんを説得して、出場を取りやめてもらうべきですね」

「もちろん、真っ先に警告しました。辞退しないと危険な目に遭うとね。しかし、蓮木愛美というのは見た目に似合わず頑固者で、かなりの自信家なんです。俄然《がぜん》燃えてきたとか、どんな挑戦も受けて立つとかいいだす始末で……。何があっても出場するといってきました」

「まだ事件が起きていない以上、無理強いはできないってわけですか」

「そうなんですよ……。われわれも表だっては動けないし、GP商会の側もトーナメント会場に警察が入ることを固く拒否しています。入場が許されるのは、招待を受けた出場者と大手マスコミのみ。だから凜田さんにお願いしたいんです」

　しだいに心が細ってくる。莉子はつぶやいた。「お願いって……」

「場内で何者かが蓮木愛美に対し、あきらかに法に抵触する行為に及んだとして、それを凜田さんが目撃したとなれば事情は違ってきます。通報によってわれわれも出動できるんです」

「蓮木さんへの妨害行為の証拠を握るために、トーナメントに出場するんですか？　なにもわたしでなくても……」

「トーナメントで早々に敗退したのでは、会場からの退出を余儀なくされてしまいます。優勝候補の蓮木を最後まで見守ることはできません。鑑定においてそれなりの腕が必要なんです。ベテラン宝石鑑定士の関根《せきね》智貴《ともき》先生、覚えてますか？　璽北会の事件で豪華客船に乗りあわせた、あの人ですよ。関根先生も凜田さんなら間違いないと太鼓判を押してまして」

莉子は動揺を隠しきれなかった。「で、でもそれならむしろ、出場者でなく報道関係者に頼んだほうがいいでしょう。決勝まで会場を取材できるでしょうし」

「昨年度のトーナメントに赴いた新聞記者に話をききましたが、マスコミは立ち入りが制限されている区画が多くて、出場者にはほとんど接触できないそうです。記者会見以外には、インタビューの自由も与えられていません。出場者のなかでもランクによって控室が分けられたりするようですが、凜田さんなら蓮木愛美にかなり近づけるでしょう。彼女ほどじゃなくても顔が売れているから、GP商会側も優遇するだろうし」

「顔が売れているって……？」

葉山は腕時計を一瞥《いちべつ》してから、テレビのリモコンを手に取りボタンを押した。

壁ぎわの液晶テレビの電源が入る。チャンネルを変えるとニュース番組になった。

映しだされたのは、夜の闇に浮かぶオクタゴン習志野店の外観。駐車場を埋め尽くすパトカー。そして、望遠でとらえられた莉子の横顔だった。

「ちょ、ちょっと」莉子は咳《せ》きこみそうになった。「なんですか、これ」

キャスターの声が告げていた。「事態をいち早く察知したのは〝美人すぎる鑑定士〟として知られる凜田莉子さん、二十三歳で……」

莉子は愕然《がくぜん》とした。なにこのニックネーム……。テロップまででてるし。

葉山が黙ってノートパソコンを操作し、モニターをこちらに向けた。

さらなる衝撃が襲う。ブラウザに表示されているのは『週刊角川』の公式サイトだった。来週発売の次回号の表紙は、ほかならぬ莉子だった。それもばっちりとメイクを施し、スタジオで撮影したグラビアが全面に掲載されている。

まんざらでもない表情の写真が選択されているのがまた萎《な》える。さっきキャスターが口にしていたのと同じキャッチフレーズが大書されていた。

「きいてないよ」莉子は情けない気分でつぶやいた。「これ、以前に無理やり撮らされた写真じゃん。角川のスタジオで……」

「今回もプロフィール用の写真、腕の立つカメラマンに撮ってもらったほうがいいですよ。出場者の顔写真が、会場の壁に大きく貼りだされるそうです」

「あのう、葉山さん。今回はわたし、ちょっと……」

「どうかお願いします」葉山は頭をさげてきた。「蓮木愛美だけの問題ではないんです。浪滝が百七十億もの金を何に使うのか、本庁もおおいに危惧《きぐ》しています。国税局に睨《にら》まれるのを承知で大金を受け取ったからには、なんらかの目的があるんでしょう。それが犯罪行為でないとどうしていえます？」

「でも……」

「浪滝は鹿児島の志布志沖にある無人島について、不動産会社に所有権の問い合わせをしています。島を欲しがるなんて、どんな陰謀を企んでいるかわかったもんじゃありません」

「身近な人をあたったほうがよくありませんか？　家族とか親戚とか」

「さんざんアプローチを試みてきましたよ。奴は親族との交流をまったく持たないんです。奥さんとも離婚してます。小学四年になる娘がいることはわかってますが」

「わたしはただの鑑定家ですし、荷が重すぎるかと……」

「是が非でも凜田さんを説得しろと上からいわれてるんです。どうかこのとおり。昔からの知り合いじゃないですか」

莉子は困惑とともに口をつぐんだ。なんとも調子のいい話……。

とはいえ、無視はできない。葉山が語ったことは、すべて現在進行形の事実なのだから。

莉子が刑事課をでて廊下を歩きだしたとき、すでに午前一時をまわっていた。

待合の椅子にいた小笠原が立ちあがった。「ずいぶん時間がかかったね」

「ごめんなさい」莉子は憂鬱《ゆううつ》な気分のまま、つかつかと歩を進めた。「でもね……。表紙の話、きいてないんだけど」

「表紙って?」小笠原も横に並んだ。「ひょっとして凜田さんの写真? 荻野編集長が次号の表紙にするって提案したけど、断固として反対したよ」

思わずため息が漏れる。「小笠原さんの意見があっさり却下されて現在に至るのね」

「ほんとに? 抗議しなきゃ」

「もういいの。それより表紙のギャラでカメラマンさんを雇えない?」

「……連絡してみるよ。写真を撮るの? どういう風の吹きまわしで?」

エントリーにはまず顔写真が要る。プリクラを履歴書に貼りつけていたころが懐かしい。あのころは世のなかをまるでわかっていなかった。いまはわかりすぎる。ゆえに犯罪を見過ごせない。

撮影

前にもこんな目に遭った、と莉子は思った。今回は自分で望んだことではあるが。

千代田区富士見にある角川グループのフォトスタジオで、凜田莉子は途方に暮れていた。着せられている服はこれまでの人生でいちども袖《そで》を通したことのない、極端なウェストシェイプラインを持つ、ラメ入りウールのスーツだった。ボタンはすべて天然のルビー、ダブルベルトはもちろん本革。衣装のゴージャスさに拍車がかかっている。

ハイヒールにはやはり慣れず、わずか数歩で転倒しそうになる。椅子に座って、じっとしているのがよさそうだった。

コーディネーターは、よくお似合いですよとさかんに褒めちぎる。ヘアメイクは男性だったが、物腰といい喋《しゃべ》り方といい女性そのものだった。

彼は莉子の顔に、ふだんなら絶対にしない睫毛《まつげ》のエクステを施し、たっぷりと時間をかけて髪をセットした。「これで出来あがり。あらぁ可愛い。前にもいったけどあなたの場合、素髪が緩くうねるから、その癖を生かすのがいいのよ。毛先にレイヤーとゆる巻きをプラスして、重めのロングでちょっとクラシカルに決めるわけ。素敵じゃないの」

「あ、ありがとうございます……」

意気揚々とヘアメイクが歩き去ると、フォトスタジオの全容が視界に広がった。

二階まで吹き抜けの天井に無数のライトがさがっている。莉子の周囲には幅一メートルほどもあるストリップライトがずらりと並んで、眩《まばゆ》い光を放っていた。カメラマンはデジタル制御の大型ストロボの調整に余念がない。最大で八千八百万画素を誇るハイエンドデジタルカメラもセッティング済みだった。

ほかにも大勢のスタッフがいて、じろじろとこちらを眺めてくる。莉子は顔がほてるのを感じた。おそらくいま、わたしは耳もとまで真っ赤になっているのだろう。

小笠原が近づいてきて、愛想よくいった。「ずいぶん慣れてきたね。プロのモデルも務まりそうじゃないか」

「全然無理だってば……。こんなにおおげさな撮影じゃなくてもよかったのに」

「荻野編集長が、この写真もグラビアに使いたいっていうから」

「え⁉　それは困るって」

「だいじょうぶ。あくまでトーナメント用だから、編集長の勝手にはできないよ」

ほんとかな……。莉子は不安を抱えつつ周りを見まわした。「そういえば、荻野さんは？」

「東京日の丸印刷との調整に奔走してるよ。編集局と制作局のすべての部長クラスが出払ってる」

「へえ。部長さんが印刷所とやりとりするの？」

「普段はもちろん違うけど、いまは緊急事態でね」

「緊急事態……」

「東京日の丸は『ハルヒVSリリカルなのは』の印刷所なんだよ。一昨日《おととい》のデータ盗難事件を受けて、東京日の丸は持ちこまれた原稿データをいったんすべて消去すると発表したんだ。流出したら印刷所として責任を負いきれないからってね。出版社は新たにプロテクトを施したデータを印刷所に入稿しなきゃいけない。東京日の丸に印刷をまかせる予定だったすべての本が対象になる」

「突然の決定なの？」

「いや。デジタルの製版が主流になってきて、プロテクトつきのデータじゃなきゃ受け取れないって意向は印刷業界全体に広がりつつあったんだよ。今回みたいな事件が起きたら、印刷所が態度を硬化させるのは予想がついてた。よりによってうちの会社が、そのきっかけになっちゃったけど」

「ふうん。こんな暮れの差し迫ったときに」

「だから部長でなきゃ話ができなくてさ。印刷所は年末年始も休みを返上して対応するらしいけど、こっちもつきあわされたんじゃたまらないって、みんなぼやいてる」

そのとき、ブラウンのスーツを着た気難しそうな高齢の男性が歩み寄ってきた。皺《しわ》だらけの顔に微笑を浮かべて、その男性はいった。「こりゃ美しいモデルさんだ。百カラットの南アフリカ産ダイヤにも匹敵するな」

顔見知りのベテラン宝石鑑定士との再会に、莉子は喜びとともに立ちあがった。「関根先生！　おひさしぶりです」

「三年経ったのに変わらないな、きみは。牛込署の葉山君から声がかかって、早速飛んできたよ。宝石鑑定のほうはどうかね？　その胸ポケットに縫いつけてあるルビーは？」

莉子は上着の胸もとを引っ張って、ルビーを眺めた。関根がルーペを取りだして勧めてくる。

だが莉子はその道具を受け取らなかった。「睫毛のエクステが取れちゃうので……。これ、色合いはピジョンブラッドに近いですけど、透明度はそれほどでもないですね。タイではなくてミャンマー産。人工でなく天然の気泡が入っているみたいですから、本物です」

関根は妙な顔をして、ちょっと失礼といってルーペでルビーを見つめた。すぐさま面食らったようすで視線をあげた。「こりゃ驚きだ。きみのいったとおりだよ。本物の気泡はルーぺじゃなきゃ見えんだろう。どうしてわかる?」

独学と実践で養った直感について、説明するのは難しい。莉子はいった。「そのう、差しこむ光の屈折を輝きぐあいで客観視して……。どれくらい、うっとりできるかで判断します」

「うっとり? たしかに鑑定の初歩中の初歩は、感動できるか否かにあるが……。六歳児のような見立てだな」

小笠原が苦笑した。「それが凜田さんって人ですよ」

すると関根が眉《まゆ》をひそめて小笠原を眺めた。「凜田さん。豪華客船で一緒だった美容師の彼はどうした?」

「び」小笠原が表情をひきつらせた。「美容師って?」

莉子は戸惑いがちに告げた。「彼氏ってわけじゃないですよ、あの人は……」

宮牧が駆け寄ってきた。「トーナメントのことをテレビでやってるよ」

言葉が途切れて、莉子は内心ほっとした。関根や腑《ふ》に落ちないようすの小笠原とともに、莉子はスタジオの中央を離れ、カメラの背に広がる控えスペースに移動した。

雑然としたエリアの片隅にテレビがあった。ワイドショーが放送されている。画面に映しだされているのは屋外のインタビューのようすで、ブランドショップからでてきた痩身《そうしん》の美女にマイクが向けられている。

明るく染めた髪は自然で柔らかなカールを施し、清楚《せいそ》な印象に満ちていた。しかしロンドンガール風の派手なファッションとシャネルのサングラスのせいで、スーパーモデルのような威厳を醸《かも》しだしている。

蓮木愛美(26)。テロップにはそう表示された。リポーターがたずねる。「蓮木さん。本年もゴールデン・プログレス商会の宝石鑑定トーナメントに参戦されるそうですね。二連覇は確実と目《もく》されてるようですが」

愛美は突然の取材に気を悪くしたようすもなく、余裕に満ちた微笑とともにいった。「二度目ですので、会場の空気を楽しみたいと思っております」

「先日の漫画データ盗難事件の犯人逮捕に貢献した、万能鑑定士Q店主の凜田莉子さんも参戦されるようですが」

莉子はぎくっとして息を呑《の》んだ。なにも優勝候補にきかなくても……。

すると愛美は、一瞬だけ笑みを凍りつかせた。誰それ、といいたげな面持ち。しかしその直後にはまた笑顔を取り繕った。「どなたのご参加がありましても、わたしは精進させていただくのみです」

宮牧が吐き捨てた。「馬鹿にした笑いだ。見下してる」

小笠原は同意をしめさなかった。「そうかな。ただ知らなかっただけと思うけど」

莉子はひとり恐縮していた。着飾ってテレビの前に立ち、自分についての議論を聴く。とても耐えられたものではない。

ほどなくして、携帯電話の鳴る音がきこえてきた。テーブルに置いてあったハンドバッグからケータイを取りだして、通話に応じる。「はい。凜田です……」

「おう。莉子か」父親の声が耳に届いた。凜田盛昌はこんな時間から酒を飲んでいるらしく、ろれつのまわらない物言いで告げてきた。「テレビ観たさー。すげえな。朝っぱらから、どのチャンネルでもやってるさ。お母さんも鼻が高いっていっとるさー。いま近所の人たちが集まってきとる」

「なんで近所の人……」

「宴会にきまってるさぁ。おばあが泡波《あわなみ》をたくさん買ってきてくれてね。駐在さんがお客さんを連れてきとるんで、いま電話を代わるさ」

島にたったひとりのおまわりさんが、お客さんを連れてきた……？　いったい何の話だろう。

電話からきこえてきたのは、やはり聞き覚えのある男性の声だった。「このあいだはどうも」

「ああ」莉子の脳裏に、那覇市内のローソンの店内が蘇《よみがえ》った。「槌谷さん？　うちに来てるんですか」

槌谷廉の声は、あの晩とはまるで異なる、遠慮と思慮に満ちたトーンに貫かれていた。「凜田さんの実家が波照間島にあるというんで、駐在さんに無理いって案内してもらったんです。その節のお詫《わ》びも兼ねて」

父親の声が割りこんできた。「槌谷さんも、泡盛と石垣牛の肉を持ってきてくれたさー」

莉子は告げた。「槌谷さん、わざわざご丁寧に……。その後はいかがですか」

「お陰さまで目が覚めまして、石垣島のハローワークで職探しを始めました。警察も厳重注意ということにしてくれたので。凜田さんのおかげです」

「よかったですね。焦らず頑張ってください」

「きょうここに来たのは、テレビを観たからでして。凜田さん、あのトーナメントに参加されるんでしょう？　GP商会の」

「ええ……」

「じつは」槌谷はふいに声をひそめてきた。「五年前の金《きん》の横領ですけどね……。協会への書類提出の仕事、浪滝琉聖のGP商会から請け負ったんです」

莉子の背筋に電気が走った。「それ、警察の人に話しましたか？」

「ええ。けさから八重山署に出向いて伝えましたよ。でも受付で追い返されました。こんな田舎でGP商会なんていっても、あまりに突拍子もない話なんで誰もまともにきいちゃくれません。俺も立派な人格者じゃないですし」

「それでうちのほうに……」

「俺に接触してきた商会の人間は下っ端にすぎなくて、浪滝みたいな大物とは面識がありません。でもそいつがこぼしてました。金《きん》をくすねとる仕事も法で規制されて、いまや赤字だって。商会の借金が膨れあがっているともいってました。五年経っても、そいつから羽振りのいい話はききませんから、たぶん本体のほうもいまだに経営に四苦八苦でしょう。よほどの悪事に手をだすつもりかも。だから、注意したほうがいいですよ」

「ありがとうございます。わざわざお知らせいただいて。お互いに努力していきましょう。では……」

莉子は電話を切った。

GP商会の闇の事業に関わる人間が、収益のあがらなさを嘆いている。しかしトップの浪滝は百七十億もの現金を手にいれたばかりだ。是が非でも出資者の依頼内容を完遂しようとするだろう。そしてその大金を元手に、さらなる投資に乗りだすに違いない。葉山警部補のいうとおり、犯罪の可能性も充分にある。

カメラマンが声をかけてきた。「凜田さん。そろそろ撮影を……。おや。ぴりっと引き締まった顔つきになったね。プロっぽいよ」

そうですか。莉子はつぶやいた。使命感のせいで緊張を帯びたのなら悪い気はしない。いまならいい写真が撮ってもらえそうな気がする。

前夜祭

十二月三十日、夜七時。莉子はホテルリシュエンヌ東京の大広間で、明日から開催される宝石鑑定トーナメント参加者の懇親会に出席していた。

パリのオペラ座を彷彿《ほうふつ》とさせるネオ・バロック様式の絢爛《けんらん》豪華な内装。『イザベル』誌編集長の園部《そのべ》遥菜《はるな》からパーティードレスを借りたおかげで、莉子はそんなヨーロッパ貴族さながらの立食パーティーでもなんとか浮かずに振る舞っていられた。

場内には報道関係者も招かれていた。同じく貸衣装のタキシードを身につけた小笠原の蝶《ちょう》ネクタイが、なぜか横ではなく縦になりがちなのが気になる。結び方を間違えているのではないだろうか。

しかしそれを指摘するより早く、周囲がわあっと沸いた。エントランスのほうでカメラのフラッシュがあわただしく閃《ひらめ》いている。

蓮木愛美は花嫁衣装のような、上半身にドレープをあしらった白のマーメイドドレスで現れた。その輝きたるや太陽に匹敵するほどで、薄明るい場内が煌々《こうこう》と照らしだされたようにさえ思える。

その隣りには、すらりと背の高いハンサムな男性が連れ添っている。身体にぴったりと合ったタキシードはオーダーメイドに違いない。短い髪を七三に分け、細面で鼻筋の通ったその顔つきは、古い映画で観る二枚目俳優の面影が漂っていた。わりと年配のご婦人がたが目を輝かせているのもうなずける。

冠婚葬祭用の黒スーツを着た関根が、シャンペングラス片手に歩み寄ってきて、莉子に耳打ちした。「宇城颯馬《うきそうま》だ。ソランジュの創始者一家の御曹司だよ」

莉子は驚いた。「ソランジュって、あの国際的フォーマルブランドの？」

小笠原も呆気《あっけ》にとられたようにいった。「冗談でしょう？　てっきり海外の会社だとばかり……」

関根はふんと鼻を鳴らした。「ジンジャーエールで有名なウィルキンソン、ジーンズのエドウィン。ドトールコーヒー、ナポリタン、エビのチリソースに天津飯。どれも外国じゃなくて日本の発祥だが、ご存じかな」

「い、いえ……。初めて知りました」

「頼りない記者さんだな。ソランジュの本社は南青山にあるし、経営者の妻はフランス人だ。つまり、あの宇城颯馬はハーフだよ。道楽息子だが、蓮木愛美に気にいられているおかげでああやっていつも一緒にいる。恋人兼、蓮木の実質的なスポンサーだな」

ふたりは記者を含む大勢の取り巻きを引き連れて場内を歩いてくる。優雅な物腰と愛想のいいスマイルはロイヤルウェディングそのものだった。

愛美は参加者にひとりずつあいさつをしてまわっていたが、やがて会場の端にいた莉子のもとに接近してきた。

そのまさしく宝石のような光彩を帯びた瞳《ひとみ》が、莉子を見つめて静止した。表情がかすかに曇る。

と同時に、GP商会のスタッフが記者たちを追い払いにかかった。「間もなく浪滝琉聖がみなさまへのご挨拶《あいさつ》のため入場いたします。報道関係のみなさまは所定の位置へどうぞ」

ちょうどマスコミの目が遠ざかったからだろう、愛美の表情は冷ややかさを増した。「なんだっけ。ええと、万能……」

当惑を覚えて口ごもった莉子に代わって、関根が愛美に告げた。「万能鑑定士Qだよ」

すると愛美はさもおかしそうに笑った。「漫画みたいな店名。本気なの？　関根先生も、どうしてこんな新人の子と一緒においでに？」

宇城颯馬が愛美の肩に手をまわしながら、微笑とともにいった。「おひさしぶりです、関根先生。後継者を育てるおつもりなら、父の知り合いから才能のある人材をピックアップして差しあげたのに。なにも民間のアマチュアを起用しなくても」

小笠原がむっとしたようすで告げた。「凜田さんは素晴らしい鑑定眼の持ち主ですよ」

「きみは？」宇城は口もとを歪《ゆが》めたままきいてきた。

「『週刊角川』の小笠原といいます」

愛美と宇城は揃って硬い顔になった。まだマスコミが残っていたのか、そういいたげな態度を垣間見せながら視線を逸らし合う。

しかしそれも一瞬のことで、すぐさま宇城の顔に余裕の笑いが戻った。「角川書店か。井上伸一郎《いのうえしんいちろう》社長にはつい先日、新社屋に招待していただいてね。お元気そうでなにより」

はったりの可能性を感じたのか、小笠原は疑わしげな目で見かえした。「というと、社長室の素晴らしい調度品の数々もご覧になったわけですね」

「はて……。調度品？　ガラスケースを埋め尽くす仮面ライダーやウルトラシリーズのフィギュアや、特撮関係の俳優さんのサイン入りフォトをそう呼ぶなら。メカゴジラのラジコンは実に精巧だった。電人ザボーガーは置いてなかった」

「お、御見逸れしました」小笠原は恐縮したようすで頭をさげた。「日ごろお世話になっております。伝えておきます……」

「その蝶ネクタイ、縦に結んでるよ」

すると愛美の表情にも軽蔑《けいべつ》に似た微笑が浮かんだ。愛美は莉子を一瞥《いちべつ》すると、宇城と手を取り合って遠ざかっていった。

関根が責めるような目で小笠原を見た。「情けない。あの宇城颯馬はたんなる親の脛《すね》かじり、無職だぞ」

「すみません」小笠原は額の汗をぬぐっていた。「まさかうちの社長と知り合いとは……」

そのとき、場内のざわめきがふいに小さくなった。沈黙した人々は、演壇に姿を現したひとりの男性に視線を向けている。

華奢《きゃしゃ》な体つきに白髪まじりの頭髪、年齢は六十近いと思われるが、ダンディズムに溢れた中年から初老の紳士といった風体だった。適度に渋味をのぞかせる整った顔だちも、素性さえ知らなければ魅力的に見える。くぼんだ目もとの奥では黒々とした虹彩《こうさい》が、ブラックパールのごとき怪しい輝きを放っていた。襟もとに和服のデザインを取りこんだ、風変わりなスーツを身につけている。

若いころはより伊達男に違いなかった面持ちに、得意げな笑いが浮かんでいた。男性は張りのある声を響かせた。「年の瀬のお忙しいなか御足労願いまして、心から感謝申しあげます。ゴールデン・プログレス商会の宝石鑑定トーナメントへようこそ。明朝九時からの本戦では、参加者はおおいに火花を散らし合うことになると思いますが、今宵はどうぞご歓談いただけますよう……」

関根が莉子にささやいてきた。「あれが浪滝琉聖だ。宝石、アパレル、金《きん》において日本国内の市場を牛耳るほどの大物。裏で黒い噂はいくらでも聞くが、一度たりとも尻尾《しっぽ》をつかませない狡猾《こうかつ》な奴。ただし影響力は絶大だが、商会の業務実績はさほど特筆に値するものではない。だから本来、こんなイベントを主催できるほどの経済力を有しているはずがない」

莉子もつぶやきかえした。「収益の大半は非合法事業ってことですね」

「ああ。それでも足りずに暴力団からの借入金が膨れあがっている。百七十億じゃ返しきれんとの噂もある。尊大に振る舞っているが、ほんの少しでも舵取《かじと》りを誤れば闇社会に睨《にら》まれ八方塞《はっぽうふさ》がりってのが現状だろう」

浪滝が演壇を降りて、場内を巡りだした。参加者たちと握手や会釈を交わしながら、徐々にこちらに近づいてくる。

まだ莉子とはかなり距離があったが、浪滝は足をとめた。両手を広げ、蓮木愛美に対し大仰に思えるほどの歓迎ぶりをしめしている。「これはこれは！　日本一の宝石鑑定士、蓮木女史のご登場ですな」

愛美も微笑で応じたが、さっき莉子に向けてきたのと同じ冷徹なまなざしで、浪滝をまっすぐに見かえした。「よからぬ噂をききましたけど」

「ほう。どんな？」

「わたしを社会的に葬りたいという依頼に対し、浪滝先生がお引き受けになったとか」

浪滝は眉間《みけん》に皺を寄せたが、報道陣のカメラが向けられる寸前に笑顔に転じた。「トーナメントは公正そのものですよ。ほかの参加者をはじめ、大勢のプロの宝石鑑定士らが見守るなかでの実施ですから、決して間違いはありません。昨年も実感なさったでしょう？」

「今年もそうあることを期待してます」

ふたりの鋭い視線が交差する。どちらも目は笑っていなかった。浪滝は軽く頭をさげて、愛美のもとを離れた。

宇城がにやけた顔を浪滝に向けた。「今年も愛美が優勝しますよ」

「ああ、あなたですか」浪滝は営業スマイルに徹していた。「本年度もソランジュは絶好調ですな。お父様によろしく」

浪滝は周りに愛想笑いを振り撒《ま》きながら、莉子のもとに近づいてくる。その浪滝の足がとまった。

「おや」浪滝が見つめたのは莉子ではなかった。「関根先生。トーナメントの歴代最高齢のエントリーですな」

関根は困惑のいろを浮かべた。「いや、私は招待なんか受けておらんし……」

だが浪滝は返事も待たずに歩きだした。「ご健闘を期待していますよ。それでは」

主催者が遠ざかったこともあり、莉子の周辺は閑散としだした。愛美も宇城と連れだって、とっくに歩き去っていた。

小笠原が唸《うな》った。「関根さんが出場者でないことぐらい知ってるはずだろ。わざと凜田さんを無視したんだ。嫌な奴らだよ。特権階級ぶって、庶民を拒む稚拙さをむしろ絆《きずな》にしてる」

すると関根も同意をしめしてきた。「まったくだ。蓮木愛美はずいぶん変わってしまった。昔は努力家だったのに、いまは思いあがってる。ほうっておけばいい。お灸《きゅう》をすえてやるのも悪くない」

莉子は苦笑した。もとよりアウェーは承知のうえだ。「そんなわけにはいかないでしょう。とにかく初戦敗退しないように頑張ってみる。なにをやるのか知らないけどね」

三毛猫

トーナメントの開催前日は、参加者たちはホテルに宿泊する。都内在住であっても家に帰ることは許されない。地方から上ってきた鑑定家と条件を等しくするためだという。

蓮木愛美は二度目のエントリーだけに、ホテルでの滞在にも慣れていた。もっとも、環境はほかの参加者とは大きく異なる。宇城のおかげで一泊百万円のプレジデンシャル・スイートを最終日まで押さえていた。もちろん、決勝まで勝ち残ることを前提としたうえでの予約だった。

その宿泊費から、誰もが最上階、少なくとも高層階と想像するようだが、実際にはフロントのすぐ上、二階に位置している。災害やテロを恐れて下層階に泊まりたがる外国人セレブの数が増え、ここはその要望に応《こた》えた部屋だという。愛美もバルコニーにでられるこの部屋が気にいっていた。昼間なら緑溢《あふ》れる御苑《ぎょえん》が見渡せる。いまは漆黒の闇が広がるのみだが。

エントランスホールからして並の部屋五つぶんの広さを誇る7LDK、リビングはゴシック調の調度品に彩られ、白いグランドピアノさえ据えてある。今宵は愛美が招きいれた友人や知人たちによって、ホームパーティーの様相を呈していた。

夜も更けてきたが、宴はなおもつづいている。愛美は窓ぎわのソファに腰をおろした。さっきの大広間とは違い、気心の知れた仲間に限定された集いは有難い。頰がひきつりそうな笑みばかり浮かべなくてもいい。

「咲耶《さくや》」愛美は女性秘書に告げた。「キッチンの冷蔵庫だけど、ミネラルウォーターばかり頼んでおいたのは間違いだった。お酒飲まない人もコーラのほうがいいみたい。十本ほどコーラに入れ替えさせて。水はさげてもいいわ。どうせ冷蔵庫に収まりきらないから」

年齢は三十二歳、地味だが趣味のいいスーツ姿、ほっそりと痩《や》せこけた顔に黒ぶち眼鏡。没個性的な性格の峯《みね》野咲耶は、蚊の鳴くような声で「かしこまりました」と告げて引きさがっていった。受話器を手にとり内線電話をかける。そのしぐさも、日本舞踊のように優雅そのものだった。

咲耶は有能かつ優秀な秘書だったが、雇用したのは父だ。いずれは自分のスタッフだけでオフィスを運営したい。愛美は常々そう思っていた。

世間の目には、わたしは恵まれていると映っているのだろう。でも実状は大きく異なる。

父とは血がつながっているが、母はそうではない。父が結婚後に、母以外の女性とのあいだにもうけた娘、それがわたしだった。非嫡出子、あるいは隠し子。自分がそんな存在だと悟ったのは十五のときだった。

それまで愛美は、複数の施設や里親のもとを転々としながら育った。物ごころついたときにはそんな環境が当たり前になっていた。父はそれら親代わりに対し、養育費の名目で報酬を払っていた。隠し子といっても戸籍上は認知してくれていたし、同居していないながらも社会においては実の子として扱ってくれた。

だが生活には歪《ゆが》みが生じていた。愛美は小中学校から名門の私立に通いながら、家に帰れば暮らしは貧しく、里親から邪険に扱われてばかりいた。裕福な同級生たちとも仲良くなれず、友達は皆無に等しかった。

高校入学後は実の父のもとに戻ったが、母および彼女が産んだ姉とはそりが合わなかった。一家の団欒《だんらん》からも爪弾《つまはじ》きにされることが多かった。すでにエリートとして出世コースが約束されている姉とは常に比較され、貶《おとし》められた。

宝石に魅せられ、その鑑定に活路をみいだしたが、父は認めようとしなかった。国家資格でもないのにプロフェッショナルを名乗るとは言語道断だ。通俗的な職業にすぎん。父はそう断じた。

道を究めなければ父母を見かえすことはできない。いちど御前鑑定に出席できても、まだ打ち解けてはいなかった。トーナメントを連覇し、来年もバッキンガム宮殿に招かれねばならない。功績を増やし着実に向上する。愛美はその生き方しか選べなかった。

宇城がグラス片手にぶらりと近づいてきた。「去年のトーナメント、覚えてるかい？ルーレットに球体の宝石を転がして当たった番号の参加者が鑑定するっていう、酔狂なゲームだったな。今年はどんな趣向を凝らしてくるか」

「ルールがどうあれ、最終的には鑑定の技能を競うんだから例年同じよ」

「だな。きみの人並み外れた知識と能力に、僕らの愛の力も加わって、向かうところ敵なしだよ」

愛美は表情が凍りつく気がした。宇城はいい人だが、親の七光りである以上は心から尊敬できない。

彼のおかげでこんな贅沢《ぜいたく》が許される。けれども、すべては虚飾にすぎない。ふだんのわたしは節約に努め、貯蓄に明け暮れている。マンションに帰れば食事はコンビニの惣菜かカップ麺《めん》。金銭的に余裕があるときには宝石関連の資料を買い、ひとりで読みふける。真の意味での悠々自適な生活は、世間のみならず両親がわたしを認めたときにこそ訪れるだろう。

幼少のころ世話になった施設が教会を兼ねていたこともあって、愛美はいまもカトリック教徒だった。宇城とは同じ部屋に宿泊しているといっても、寝室は別々にしている。いま以上に距離を縮めることは望んでいない。しかし宇城のほうは、どうも思いが異なるようだ。

「あのね」愛美は静かにいった。「宇城さん。わたしたちのことだけど……」

ふいにガラスの向こう、バルコニーに素早く動く影があった。愛美はびくついて悲鳴をあげた。室内にいた全員がこちらを見て、なにごとかと駆けてくる。

客のひとりが笑いながらいった。「猫だよ」

よく目を凝らすと、三毛猫が手すりの上をうろついているのがわかった。

宇城が肩をすくめた。「都内なのに野良猫が多いな。御苑の近くはどこもそうだ。観光客がこっそり餌をあげるから。ところで愛美、なんの話だっけ?」

「いえ。べつに」愛美は思わず苦笑した。友人たちが寄り集まってきた以上、つづけられるはずもない。

チャイムが鳴った。咲耶がエントランスに向かう。ほどなく、ルームサービスが入室してきた。大きなトレイの上に百九十ミリリットルのコーラの瓶十本を載せている。失礼します、そういってキッチンに通じる唯一の通路に入っていった。

友人のなかで、ほろ酔いの男性が冗談めかせた口調でつぶやいた。「飲み物はちゃんと管理したほうがいいんじゃないか。ライバルに毒を盛られるかも」

笑いの渦が起きるなか、愛美は首を横に振ってみせた。「キッチンのドアには鍵《かぎ》をかけてあるの。合鍵はホテルマンしか持ってないし」

「へえ」女性客のひとりが通路に向かおうとした。「この奥がキッチン？　広そう」

いらっとした気分になり、愛美はいった。「勝手に入らないでよ。通路の途中にはクローゼットがあるんだから」

一同はしんと静まりかえった。女性客も気まずそうに、すごすごと引きさがった。

実際、その通路は咲耶や宇城にさえも立ち入りを許していなかった。口にいれる物と手荷物は自分専用のスペースに置いておきたい。どんなに親しくても、他人に心は許せない。

ルームサービスが通路からでてきた。コーラと入れ替えたミネラルウォーターの瓶を十本、トレイに載せている。沈黙した室内にやや面食らったようすだったが、一礼をしてエントランスへと歩き去った。

宇城が告げた。「そろそろお開きにしよう。愛美も明日《あした》に備えなきゃいけないんだし」

友人たちは同意をしめし、グラスを置いて立ちあがった。おやすみなさい、蓮木さん。明日は頑張って。口々に挨拶《あいさつ》を残していく。

ありがとう、おやすみなさい。愛美も応じて全員を送りだした。

室内にふたりきりになると宇城がいった。「さてと……」

愛美はさっさと自分の寝室に向かい、後ろ手にドアを閉めた。おやすみ。ぶっきらぼうにそうつぶやいた。

対戦

トーナメント当日の朝を迎えた。

莉子はゆうべ、狭いシングルルームで一夜を過ごした。まどろみ以上の深い睡眠に入れず、鳥のさえずりが響く明け方に至った。ぼやけた頭のままベッドを抜けだす。

レディススーツを身につけて一階の大広間に向かった。すると、ゆうべの懇親会とは様変わりして、本格的なトーナメント会場が用意されていた。

壁を覆い尽くすパネルには対戦表、最下段に参加者三十二名の顔写真が大きく引き伸ばされて貼りつけてあった。

角川のフォトスタジオで撮影した莉子のポートレートは、いかにもモデル然とした写りで提出をためらうほどだったが、ほかの参加者たちもずいぶん気合いの入ったショットを揃えてきているため、さほど目立たない。

とりわけ蓮木愛美は、ファッション誌の表紙にでもなりそうなほどのフォトジェニックぶりだった。

対戦表はまだ一部が隠されていて、どの相手とぶつかるのかはさだかではない。参加者たちは場内に横一列に並んだ椅子に、静かに腰を下ろした。愛美とはかなり離れていた。莉子の席からは、横顔すらもうかがえない。

背後には観覧用の雛壇《ひなだん》席があるが、観客は参加者の知人や同伴した取材記者に限られているため、空席が目立っている。それらは敗退した参加者によって埋められていくことになる。

振りかえると、小笠原と関根が確認できた。ふたりとも笑顔で手を振ってくる。莉子は微笑みかえすに留めた。周囲の緊迫した空気のなかでは、手を振りかえすことすら難しい。

主催者の浪滝は姿を見せなかったが、会場のセッティングは着々と進んでいた。広いフロアの中央に、対局用のテーブルと向かい合わせの椅子二脚が置かれる。さらにテーブルの近くに、布をかぶせられたなんらかの物体が運ばれてきた。

布が取り払われたとき、場内がざわめいた。そこにあったのは、おもちゃ屋やスーパーマーケットの店頭で見かけるカプセル入り玩具《がんぐ》販売機。通称ガチャガチャ、もしくはガチャポンなどと呼ばれる業務用の機械だった。

欧米のガムボール・マシンと同様に、内部が透けて見えるスケルトン仕様で、プラスチック製の球体カプセルがたくさん収まっているのがわかる。正面の挿入口にコインを投入し、ハンドルを回転させると、ランダムに一個のカプセルが転がりでる仕組みだ。

司会進行役の男性の落ち着いた語り口は、アナウンサーを連想させた。「ルールを説明いたします。このゲームでは対戦者のおふたりに、それぞれ〝本物を見抜く人〟と〝偽物を見抜く人〟に分かれていただき、交互にその鑑定眼を競っていただきます。ゲームの前

に、まずその役割分担を決めます。公正を期すため、このような大会公認の封筒を用います」

しめされた封筒はしっかりと糊《のり》づけされたうえで、封の上から赤い印が捺《お》してあった。

説明によれば、対局者のうち上手《かみて》に座った者が〝丸〟もしくは〝菱形《ひしがた》〟のいずれかを口頭で選択。すぐに封筒が開けられる。アクリル製の小さな長方形の札《ふだ》が二枚おさまっている。

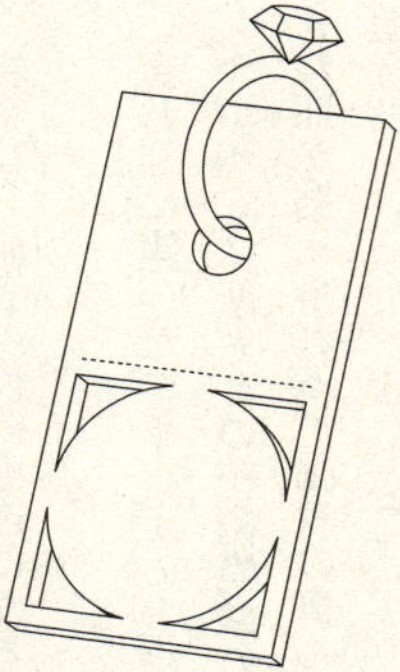

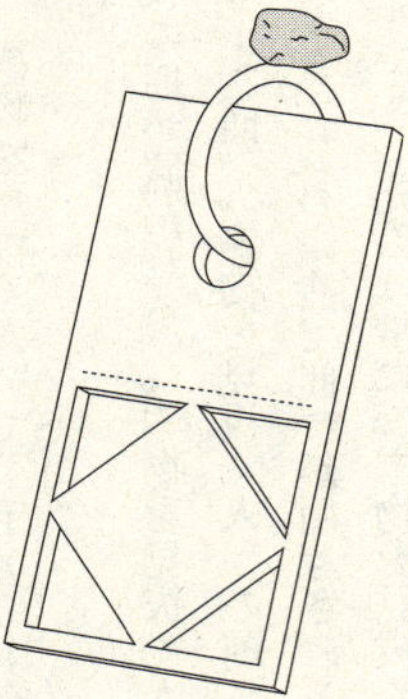

二枚の札にはそれぞれ穴が開いていて、指輪が嵌《は》まっている。一方はダイヤモンド、もう一方は無価値の石ころ。丸と菱形のどちらの札にダイヤの指輪がついているか、事前に

はわからない。

上手《かみて》のプレイヤーがさっき選択したマークの札に、ダイヤが付いていれば、上手は〝本物を見抜く人〟で下手《しもて》が〝偽物を見抜く人〟になる。もし上手《かみて》が選んだマークの札が石ころだった場合は、両者の役割も逆になる。上手《かみて》は〝偽物を見抜く人〟で下手《しもて》が〝本物を見抜く人〟。

向かい合わせに座ったテーブルの上には、三枚の皿が置かれる。〝本物を見抜く人〟の前には、オールドノリタケの花柄模様のアンティーク皿。〝偽物を見抜く人〟の前には、石でできた皿が据えられる。両者の真ん中には、ガラス製の『捨て皿』が用意される。

司会進行役がいった。「ゲームは非常にシンプルです。先攻は常に〝本物を見抜く人〟になります。この先攻プレイヤーはガチャガチャを回し、でてきたカプセルを開けます。カプセル一個につき宝石ひとつと、一センチ四方の小さなカード一枚が入っています。〝本物を見抜く人〟は宝石を三十秒以内で鑑定し、本物だと思えば自分の前のアンティーク皿に宝石とカードを載せます。偽物と感じたのなら、捨て皿に捨ててください」

つづいて後攻も同じようにする。〝偽物を見抜く人〟として、取りだしたカプセルのなかに入っていた宝石が偽物だと信じるのなら、自分の前にある石の皿に宝石とカードを載せる。本物と考えるのなら捨て皿に捨てる。

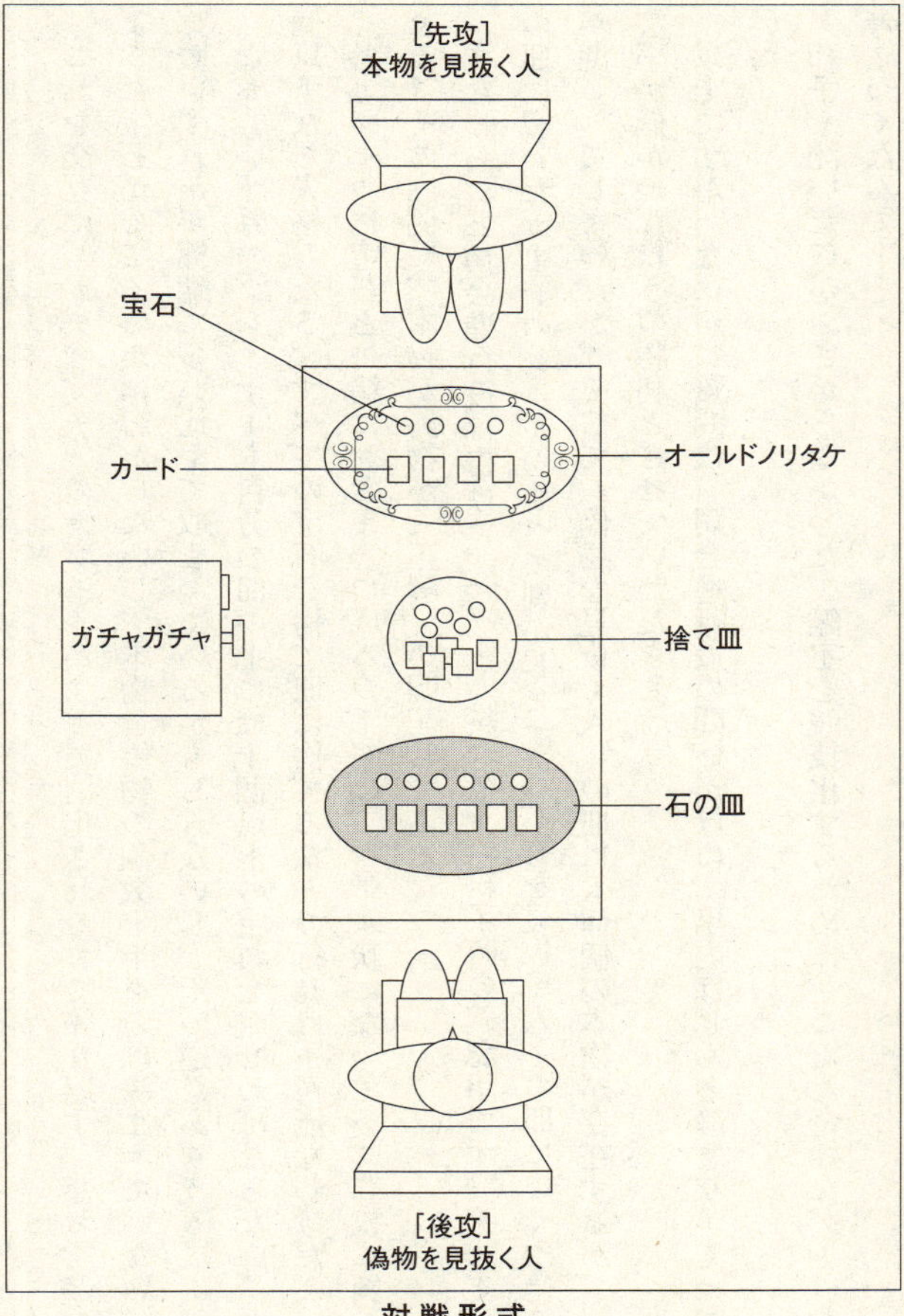
[先攻]
本物を見抜く人
宝石
カード
オールドノリタケ
ガチャガチャ
捨て皿
石の皿
[後攻]
偽物を見抜く人

対戦形式

これを交互に、ガチャガチャのカプセルがすべて消化されるまで繰り返す。なお、どのような宝石がでてくるかはわからないし、本物と偽物の個数も半々とは決まっていない。真贋《しんがん》いずれかが極端に多い比率で収まっているかもしれないし、その逆もありうる。

なお、いずれのプレイヤーも自分の皿の上には十個以上の宝石を載せねばならない。九個以下なら失格となる。すべての宝石を捨て皿に捨てるなどの行為は不可能なわけだ。

各カプセルに宝石と一緒におさまっているカードは、シール状になっていて二枚に剝《は》がせる。その内側に、本物か偽物か〝正解〟が明記してある。

「すなわち」と司会進行役は告げた。「カードは、ゲーム終了時の確認用です。それぞれの皿に載ったカードのシールをすべて剝がします。〝本物を見抜く人〟の皿にいくつ偽物が混じってしまったか、そして〝偽物を見抜く人〟の皿にも何個の本物が存在するか。誤答率が低かったほうの勝利とさせていただきます」

以上ですが、なにかご質問は。司会進行役の問いかけに、場内はしんと静まりかえっていた。

莉子も開いた口がふさがらなかった。鑑定を競技化するために、こんな奇妙なゲームを考えつくなんて……。

すぐに最初の対戦が開始された。ふたりの男性が向かい合わせに座った。上手《かみて》のプレイヤーが丸か菱形を選択。司会者の手にある封筒が開けられ、二枚の札により〝本物を見抜く人〟と〝偽物を見抜く人〟が決まる。

静寂のなか、ガチャガチャを回す音が響く。カプセルが開かれるたびに時間の計測が始まる。鑑定に道具を用いることは許されているらしく、ルーペでじっくりと観察したり、スポイトで液体を垂らしたり、対戦者は三十秒間にできる限りのことをおこなおうとしている。

最初の宝石はサファイアだった。直径一センチぐらいのブリリアントカット。先攻のプレイヤーは〝本物を見抜く人〟として、そのサファイアと付属のカードを自分の皿に載せた。本物と判断したようだ。

後攻の〝偽物を見抜く人〟の宝石はルビー。大きさは先攻のサファイアと同じぐらいだった。こちらは偽物でなく本物と鑑定したらしく、宝石とカードを捨て皿に捨てた。

交互に鑑定が進行し、ガチャガチャから最後の一個が取りだされた。〝偽物を見抜く人〟は、ダイヤモンドを自分の皿に置いた。最終的に本物の皿の上には十六個、偽物の皿には十一個の宝石が存在している。

司会者や審判、そして観衆が見守るなか、カードのシールが開けられていく。先攻〝本物を見抜く人〟は十三個正解。〝偽物を見抜く人〟は八個正解。それぞれの正答率は八十一・二五パーセントと七十二・七三パーセント。〝本物を見抜く人〟の勝利となった。

敗退したプレイヤーはがっくりと項垂れていた。なかなか退席しようとしないため、係員によって引き立てられ雛壇《ひなだん》へと運ばれた。

わたしもいずれあの運命かも……。莉子は血管が凍りつくような思いに身を震わせた。

対戦は次々に実施されていく。ほどなく蓮木愛美の番がきた。彼女はおかしなゲームにもまったく臆《おく》するようすはなく、レストランでディナーの席につくかのごとく自然な動作で椅子に腰かけた。相手は四十歳前後の厳めしい顔つきの男性だったが、まっすぐ見つめあっても愛美にはいささかも動じる気配がない。

封筒から二枚の札が取りだされ、愛美は〝本物を見抜く人〟になった。ほかの参加者と違って焦燥感がまるでみられず、ガチャガチャから宝石を取りだす手つきは優雅そのもの、ルーペで眺めるさまも余裕綽々《よゆうしゃくしゃく》だった。ゲーム終了時、愛美の皿には十二個の宝石が置かれていた。

司会進行役が結果を告げた。「先攻、本物を見抜く人。蓮木愛美様。十二個中、十二個が本物。すなわち正答率百パーセントです!」

どよめきが場内に広がる。宇城は雛壇の最上段の席で立ちあがり拍手をしていた。

愛美は一瞬だけ恍惚《こうこつ》としたような表情を浮かべたが、その喜びの感情はすぐに、いつもの冷静沈着な面持ちに埋没していった。ゆっくりと席を立った愛美は、莉子に目もくれずに雛壇をのぼり、宇城や知人たちと合流した。

仲間の祝福に愛美がどんな反応をしめしたか、見届けている暇はなかった。莉子の番がめぐってきたからだった。

相手は五十代とおぼしき女性で、ブランド物で身を固めていた。二枚の札による抽選で、莉子は後攻〝偽物を見抜く人〟となった。

先攻の女性が宝石を捨て皿に置くとき、かすかに指先が震えているのがわかった。莉子もガチャガチャを回してカプセルを取りだし、真珠をつまみあげたものの、震えが止まらなかった。

落ち着かねば。ここは飯田橋のわたしの店、お客さんから真珠の鑑定を頼まれただけ。そんな想像に没頭しよう。いつもと同じ。日常の出来事でしかない。

ルーペで丹念に観察すると、真珠層がくっきりと浮かびあがった。ざらついた表面は本物の証し。とはいえ、どうにも気になる。波紋が少しばかり人工的に感じられる。

さすがに日本一の宝石鑑定士を決めるという触れこみのトーナメント、難問だった。時間はどんどん消費される。あと二十秒。十秒。五、四、三、二……。

ぎりぎりで莉子は真珠を偽物と判断した。カードとともに石の皿に置く。

揺らぐ自信との戦い。交互に鑑定がつづく。最後の一個。莉子はエメラルドを本物と考えて捨て皿に運んだ。

カードのシールが剝がされていく。結果発表。相手の女性の正答率は九十三・二四パーセント。莉子のほうは……。

司会進行役がいった。「おめでとうございます。凜田莉子様。正答率百パーセントです」

感嘆の声が場内に響く。期待されていなかったせいか、愛美のときより反応が大きく感じられる。拍手も混じっていた。

莉子は雛壇の愛美に視線を向けた。愛美はこちらを見かえしていた。硬い顔のまま愛美は席を立ち、大広間をでていった。

直後に司会進行役の声が耳に届いた。「これにて午前の対戦はすべて終了しました。午後一時よりトーナメントが再開されます」

対戦相手の女性は失望もあらわに、ふらつきながら退席していった。代わって雛壇から、小笠原と関根が駆けつけてきた。

小笠原は目を輝かせ、興奮ぎみにまくしたてた。「さすが凜田さん！　誤答ゼロはふたりだけだよ。蓮木愛美と互角の結果じゃないか」

関根は自前のルーペを取りだし、テーブル上の皿に残っている宝石を一個ずつ観察した。すべてをひと通り眺め終えると、関根はため息とともにつぶやいた。「対戦結果に間違いはないな。カードの記載もすべて正しい。凜田さんが石の皿に置いた宝石はぜんぶ偽物だ。どれも実によくできたイミテーションだよ。真珠層まで再現してあったりするが、これは貝の核を塗装したうえで彫りこんだ物だ。素晴らしい直感だな。きみの〝うっとり〟は電子顕微鏡に匹敵する」

莉子は安堵《あんど》とともに、苦笑いを浮かべてみせた。「偶然に助けられただけです。〝うっかり〟にならないように、二回戦も頑張ります」

本心だった。鑑定家としての知識を役立てられたとは言い難い。ほとんどの宝石について勘を頼りに判断を下した。わたしは運が良かっただけ。でも、蓮木愛美のほうは違うのだろう。あれが彼女の実力……。

エルメス

愛美は最上階のイタリアンレストランで昼食をとってから、プレジデンシャル・スイートに戻った。

大晦日《おおみそか》ながら、バルコニーには秋のような暖かい陽射しが降り注いでいる。窓を開けると、爽《さわ》やかな風が吹きこんできた。御苑《ぎょえん》の木々が枝葉を擦《こす》り合わせ、さざ波の音を運んでくる。

リビングで宇城が、紅茶をカップに注ぎながらきいた。「愛美。レモンは入れるかい?」

「ええ……」愛美は部屋の真ん中にたたずみながら、妙な胸騒ぎを覚えていた。

室内が綺麗《きれい》に清掃してある。それ自体は問題ない。ただし、キッチンへつづく通路のみ、誰も入らないようホテル側にも申し伝えてあった。通路の入り口は旅行用トランクを立てて塞《ふさ》いでおいた。けさ部屋をでる前からずっとそうしてあった。

トランクの車輪《キャスター》に、ひそかに髪の毛を一本挟んである。誰かが動かしたのならそれは床に落ちている。神経質すぎるかもしれないが、お気に入りのジャケットやハンドバッグを山ほど抱えて外泊するからには、それなりの自衛手段を講じるのは当然だった。

屈《かが》んでトランクの下を確認する。髪の毛はそのまま残されていた。

ほっとしたのもつかの間、さっきから自分を落ち着かない気分に至らしめている原因が、しだいにはっきりしてきた。通路の奥から、なにかを引《ひ》っ掻《か》くような音がする。

愛美はトランクを押しのけて通路に足を踏みいれた。角を折れた先、キッチンのドアの手前にクローゼットがある。その扉は半開きになっていた。

びくつきながら歩み寄り、そっと扉を開け放つ。とたんに愛美は、愕然《がくぜん》として立ちすくんだ。

ずらりと並ぶエルメスのバーキン、七つある色違いのコレクションのなか、エンジいろのハンドバッグに絡みつく毛玉のような生き物。薄汚れた野良猫だった。革の表層にさかんに爪を立て、ひっきりなしに噛《か》みついている。

愛美が悲鳴をあげると、猫は飛びあがって逃げだした。通路をリビングに駆け抜けていく。すれちがうように宇城が走ってきた。「どうしたんだ、愛美」

「ひ」愛美は震える声で訴えた。「ひ、人を呼んで」

「人？　誰を？」

「誰でもいいの。きのうここにいた人。とにかく全員呼んで。いますぐに！」

宇城は妙な顔をしたが、それでも身を翻して通路をでていった。リビングからエントランスへと彼の足音が遠ざかる。二階じゅうに響くような宇城の怒鳴り声が、愛美の耳に届いた。「みんな、すぐ集まってくれ！　全員だ」

ほどなく、狭い通路に大勢の人間が押しかけた。ゆうべのホームパーティーに参加していた友人知人たち、顔ぶれはすべて揃っている。誰もが何事かという表情を浮かべ、どうしたのかと口々に問いかけてくる。

いまにも泣いてしまいそうだった。愛美は涙を堪えながら、ぼろぼろになったエンジいろのバーキンをしめした。「見てよ！　猫がやったのよ。窓を開けっ放しにしたのはいったい誰!?」

すると、秘書の咲耶が困惑顔で進みでた。「あのう……。昨晩、窓はいちども開けられなかったと記憶しております。夜は寒かったですし、バルコニーにでた人もおりませんでした」

「じゃあ猫はどこから入ったの？　窓はさっき部屋に戻ってから開けたのよ。それ以降はずっとリビングにいたし、猫が入ってきたら気づいたはずでしょう」

「たぶん客室の清掃係かと……。掃除の最中だけ開けていたんでしょう」

苛立《いらだ》ちばかりが募る。たしかに猫なら、トランクを飛びこえて通路に侵入できるだろう。しかし……。

愛美はいった。「猫はクローゼットの扉を開けられない。わたし、この扉はちゃんと閉めておいたの。間違いないわ。昨晩、通路に入ったのは……ルームサービスだけね。本物のホテルマンだったの？」

咲耶はいっそう戸惑いのいろを深めた。「キッチンのドアの鍵《かぎ》も持っていましたし、本職に違いありません。それにルームサービスは通路を行き来する際に、十本の瓶が載ったトレイを掲げており、両手がふさがっていました」

宇城がリビングのほうを振りかえった。「猫は窓から逃げちまったか。捕まえたところで事情は問いただせないけどな。どうしてそのハンドバッグだけ狙ったんだろうな」

的外れな疑問だと愛美は思った。「どうでもいいでしょ、そんなこと。赤は目立つし、猫も興奮したんじゃないの。問題はそれより誰がクローゼットを開けたか……」

するとふいに女の声が遮ってきた。「いいえ。猫は赤いろを識別できません。理由はほかにあります」

ざわっとした驚きの反応がひろがる。人垣がふたつに割れた。

昨夜の大広間のパーティーで会った覚えのある男女が立っていた。週刊誌記者の小笠原、それに凜田莉子だった。

愛美は面食らいながらきいた。「なぜ入ってきたの?」

莉子が平然とした表情で答えた。「みんな来てくれって宇城さんの呼びかけがきこえたので。全員ともおっしゃったし」

とぼけた女の子だ。愛美は苛立ちを禁じえなかった。「それはね、ゆうべここにいた全員って意味……」

「猫の目には赤が黒やグレー、もしくは黄いろに見えます。それらの中間色を含むバーキンがいくつも並んでいるのに、エンジにのみ飛びついたのは変といえば変です。ハンドバッグではなく中身に興味をしめしたのかもしれません」

「中身? なかは空っぽよ」愛美はバッグに手をいれた。

ところが指先が、なにか妙な物に当たった。それをつまみだす。わりと大きめの、シソのような質感の葉っぱ一枚だった。

小笠原が莉子にきいた。「マタタビとか?」

「いえ」莉子は愛美の手もとをじっと見つめた。「イヌハッカ。別名キャットニップ。シソ科ネペタ属の多年草でハーブの一種。草の精油にネペタラクトンっていう、猫を興奮させる物質が含まれている」

宇城が眉《まゆ》をひそめた。「どこかで偶然、その葉っぱがハンドバッグのなかに舞い落ちたとか……」

莉子は首を横に振った。「イヌハッカは高いところに自生するわけじゃありません。サラダにいれたり、肉料理の香りづけに使ったり、ハーブティーにもなります。ゆうべの大広間でも見かけました。誰でも入手できたんです。考えられることはただひとつ、何者かがハンドバッグのなかにこっそりと……」

腹立ちまぎれに愛美はまくしたてた。「ありえないわよ。わたしはここに着いてから、まだ一度たりともハンドバッグを外に持ちだしてはいない。大広間にも持っていかなかった。大事にしてるのよ。人に触らせたりなんかしない」

すると莉子がクローゼットのなかを一瞥《いちべつ》して、愛美に疑いのまなざしを向けてきた。

「本当にたいせつに扱ってましたか」

「え？　それどういう意味よ」

「革の汚れは、乾いた柔らかい布でこまめに落とさなきゃなりません。水に濡《ぬ》れたら叩《たた》くように拭《ふ》きとる。落ちない汚れには消しゴムを使う。でもこれらは、エナメル製品のように湿った布で拭いてるでしょう。値打ちが下落しますよ」

「あなたの価値観で判断しないでよ。わたしはね、買い取り時の査定額なんか気にしちゃいないの」

莉子はふいに鼻をひくつかせた。「消毒液……いえ、ヨードチンキのにおいがする。まさかバッグの手入れに用いたとか?」

愛美は怒りを爆発させた。「ヨードチンキなんか使うわけないでしょ! でてって。いますぐ、全員この場から消えてよ」

招集をかけておきながら、数分で退去命令。知人たちは総じて不本意そうな面持ちになった。しかし、愛美は配慮する気になれなかった。被害者はわたしだ。この肝心な日にトラブルに見舞われたわたしに対してこそ、気遣いがなされるべきだろう。

莉子や小笠原を含む全員を、咲耶が送りだした。静寂が戻ると、宇城がきいてきた。

「紅茶飲む?」

何事もなかったといいたげな態度がまた神経を逆なでする。愛美は黙って宇城を睨《にら》みつけた。宇城はたじろいだようにリビングに逃げていった。

独占インタビュー

午後の対戦開始まであと二十分。莉子は大広間に戻った。まだ会場は清掃中で、雛壇《ひなだん》の観客もまばらだった。

テーブルから少し離れてたたずんでいると、背後に靴の音がした。莉子は振りかえった。

宇城がゆっくりと近づいてくる。

「凜田さん、だったたな」宇城が控えめな口調でいった。「さっき妙なことをいっていたね。ヨードチンキとか」

「ええ……。たしかに匂ったんです。バッグの手入れに使ったんじゃないのなら、なんの香りだったんだろ」

「こんな高級ホテルの客室清掃では、ヨードチンキの噴霧器なんか使わないよ。うちの親の会社でも、オフィスで撒《ま》くのを禁止してる」

「でしょうね。でも、会社での使用禁止の理由はホテルとは別です。ヨードチンキに添加物として含まれるヨウ化カリウムの化学反応で、いちど乾いた油性顔料系のインクがまたべっとりと湿りだすんです。重要書類への捺印《なついん》がシヤチハタ不可になっている理由のひとつ」

「ふうん。ヨードチンキで印鑑のインクが湿り気を帯びるのか、初めて知ったよ。物知りだね。宝石についてもそれぐらい詳しければ、きみも案外いい線いけるかもな」

新たに歩み寄ってくる人影があった。愛美の声がたずねてくる。「あら？　ふたりで立ち話？」

宇城はぎょっとしたようすで愛美を見つめた。「や、やあ……」

「ふうん」愛美は腕組みをして立った。「仲良く共犯者どうし、次の嫌がらせの打ち合わせってわけ」

莉子は不安とともにつぶやいた。「共犯者って……」

「誤解だよ」宇城が愛美に訴えた。「どうして僕を疑うんだ？」

「ルームメイトはあなただけ。けさ以降はトランクで通路をふさいでいたから、やったのは昨晩でしょう。窓を開けて野良猫を招きいれて、ハンドバッグに葉っぱを仕込む。宇城さんにしかできない」

「そんな馬鹿な。なぜ僕がそんなことする？」

「警察にきいたけど、誰かが浪滝に大金を払ってわたしを陥れようとしてるんですって。それが誰かよくわかった」

「ちょっと待てよ。まさか僕だとでも？」

「わたし、部屋を移るわ。さっきフロントにいって手配してもらったの。プレジデンシャル・スイートはあなたと万能さんで好きにすれば？」

宇城は食いさがる姿勢をみせた。「き、きみにふさわしいレベルの部屋は空いてないはずだよ。スイートが気にいらなければ、一緒に近隣の別のホテルに……」

「ほかの女との関係をみせつけて、わたしを浮足立たせようなんて愚の骨頂よ。もうあたなんかに関心はないから。さよなら」

「愛美……」

ぷいと愛美が立ち去りかけたとき、小笠原が白いビニール袋をさげて大広間に入ってきた。愛美はすれちがいざまに声をかけた。「小笠原さん」

「は、はい」小笠原が立ちどまった。

莉子はどきっとした。何を話すつもりだろう。

どうやら莉子の視線を意識しているらしい。愛美は小笠原に歩み寄った。他人どうしとは思えないほどに距離を詰めて、甘い声でささやいた。「わたし、ひとりの部屋に移ったの。単独インタビューは禁じられているけど、もし『週刊角川』さんのご要望があれば考えてみるけど」

そんな……。きっぱりと断ってよ。莉子は小笠原に対し、心のなかでそう念じた。

ところが小笠原は屈託のない笑いを浮かべて、元気に返事をした。「はい！　そういうお話であれば、是非に」

愛美は振りかえり、不敵に口もとを歪《ゆが》めて莉子を見つめてきた。息を呑《の》む莉子に背を向けて、愛美は歩き去っていった。

小笠原は上機嫌そうに莉子に近づいてきた。「やった。独占記事のチャンス。凜田さん、外で大判焼き買ってきたけど、食べる？」

気持ちが萎《な》えていく。莉子は対戦テーブルに歩きだしながら、気のない自分のつぶやきを耳にした。「わたし、午後の勝負に備えるから」

宇城も立ち去りぎわに、小笠原にいい残した。「きみは出世できないうえに、結婚後は家庭でも問題を起こすタイプだな。それも無自覚に」

「へ……？」小笠原の顔にはまだ笑いが留まっていた。「なんの話ですか？　……凜田さん？」

莉子は振り向かずに歩きつづけた。頭を掻《か》きむしりたくなる。愛美から心理戦を挑まれた。ひとまず受けて立つしかない。彼女がトーナメントを勝ちあがる限り、わたしも敗退するわけにいかないのだから。

紙片

午後の対戦が始まり、関根は雛壇席に戻っている。だが小笠原はじっとしている気になれなかった。大広間を離れて、ひとけのないホテルのロビーをぶらついていた。

勝負の行方に関心がないわけではない。莉子が二回戦もさすがの気迫で正答率百パーセントを誇り、勝ち抜いたのを見守ったし、蓮木愛美も同じく誤答ゼロで勝ち進んだのも確認した。

小笠原はしかし、莉子の活躍ぶりをまのあたりにするうちに、ひどくいたたまれない気分に陥った。自分の空気の読めなさ加減には、ほとほと呆《あき》れる。

愛美は、莉子の集中力を掻き乱そうとして、小笠原に対し声をかけてきた。そんな単純なトラップにすら気づかず、ふたつ返事で単独インタビューの逆指名を快諾してしまった。何をやっているのだろう、俺は。

早いところ莉子に謝りたいが、トーナメントが続行中のため参加者には接触できない。

次の休憩時刻は午後三時半。それまでどこで時間を潰《つぶ》そうか。

ロビーの一角に差しかかったとき、小笠原の歩は自然に緩んだ。

柱の向こう、待合のソファに黒ずくめのスーツが群れをなしている。中心になっているのは浪滝琉聖だった。控えめに談笑していたようすだったが、やがて浪滝が腰を浮かせた。

つぶやきがきこえてくる。そろそろ三回戦か、会場入りする頃合いだな。

どうやら、やっと観戦に乗りだす気らしい。黒スーツの全員が立ちあがった。

小笠原は咄嗟《とっさ》に、柱の陰に身を隠した。

本来なら堂々と姿を見せて、浪滝に挨拶《あいさつ》すべきだろう。それが取材記者としての礼儀でもある。

だがいまは、ソファの上に一枚の紙片が残っているのを見た。浪滝の側近のひとりが置き忘れたらしい。誰も気づかないらしく、放置したまま大広間に向けぞろぞろと移動しだした。

集団をやり過ごすと、小笠原はソファに駆け寄って紙片を手にとった。

それは四つ折りになったB5サイズの紙で、ワープロの印字が並んでいた。

テレビ放送、スカイツリーからの本放送開始／本州から向島までを結ぶ尾道大橋が無料化／ロシアとベラルーシの連合国家が単一通貨を導入／ニューヨークに1ワールドトレードセンター完成／銀座に新しい歌舞伎座が落成／医師過剰時代／太陽嵐によりアラスカでオーロラの見られる機会が増加／都市高速道路中央環状品川線が開通

cold（寒い）／polite（礼儀正しい）／long（長い）／crowd of（大勢の）／tall（高い）／childish（子供っぽい）／tough（硬い）／womanly（女性的な）／gentle（おとなしい）

蜃気楼《しんきろう》に揺らぐ果てしない砂漠
エベレストの頂上から望む雲海
観光客で賑《にぎ》わう万里の長城
真夏の午後七時に広がる夕焼け空
昼下がりの公園の噴水に浮かぶ虹《にじ》
ハワイ島の谷底に沸きあがるマグマ
水平線の彼方《かなた》まで広がる海原
春の陽射しが降り注ぐ森林

なんだこれ……？　小笠原は首を傾げるしかなかった。

持ち去るのは好ましくないが、情報としての価値もただちには判断しづらい。できれば詳細に検証したい、そんな欲求も起きる。

すると、浪滝と取り巻きが立ち去った通路に、ふたたび靴音が響いた。

ぐずぐずしてはいられない。小笠原はiフォーンを取りだして、カメラモードに切り替えた。紙面にレンズを向けてシャッターボタンを押す。

しかし手が震えているせいで、まるで判読できない画像が表示された。あわてて何度かつづけざまに撮影を試みるが、やはりうまくいかない。

靴音がどんどん大きくなってきた。もう写りぐあいをたしかめている余裕もない。小笠原は紙片を畳んで、元の場所に投げだした。と同時に、人影を視界の端にとらえる。とっさに床にうつぶせ、ソファの陰に腹這いになって身を隠した。

歩いてきた男はひとりだけのようだった。足もとが隙間から覗ける。黒光りする靴が応接セットの前で立ちどまった。目で探しものをするように静止すること数秒、紙を取りあげる音がした。

文面を確認しているのか、それとも辺りのようすをうかがっているのか、男は一歩も動かずにたたずんでいる。

額に汗がにじみだした。こんなときに限って咳きこみそうになる。それを堪えていると、今度は鼻がむずがゆくなった。くしゃみがでそうだ。

苦痛に耐えること数分。やがて男はゆっくりと通路へ歩き去った。

靴音が無音のなかに消えると、小笠原はようやくため息をついた。

身体を起こしてみる。ソファの上の紙片は持ち去られていた。

iフォーンを操作して撮影した画像を確認してみたが、予想どおり手ブレがひどすぎた。最後の一枚のみ、若干ピンボケぎみではあるものの、なんとか判読は可能だった。

ホテルのビジネスセンターでプリントアウトしてみるか。これが何を表しているのか、まるで見当もつかないが……。

約束

午後二時半、休憩時間が訪れた。小笠原は関根とともに、莉子のシングルルームへ集合した。

ミーティングにはいささか狭い、ベッドを除けばごくわずかな床面積に小さなテーブル、二脚の椅子が押しこまれた部屋。窮屈なのは承知のうえで、ひしめきあうしかない。

小笠原は、自分でも妙に思えるほどどうわずった声をあげてしまった。「ふ、不公平だよね。こんなに部屋の広さに差があるなんて」

莉子は仏頂面でつぶやいた。「わたしは気にしてないけど」

「ああ……。そうだよね」小笠原は冷や汗をかきながら紙片を差しだした。「これ、さっき話した画像のプリントアウト……」

「見せて」莉子はぶっきらぼうにいった。

紙片を渡しながら小笠原はささやいた。「さっきはごめん」

「べつに」莉子はにこりともしなかった。「気にしてないから。小笠原さんも仕事で来てるんだろうし」

莉子が紙片に見いりながら部屋の隅に歩き去ると、昼間からウィスキーをすすっている関根が、赤ら顔を近づけてささやいてきた。「きみは女心というものがわかっとらんな」

「え？　それはつまり、どういうところが……」

「きみが会場からいなくなって、凜田さんがどれだけ動揺していたと思う。対戦には連勝しつづけているからいいものの、勝負はうわのそらだったぞ」

「そうだったんですか……」

「言葉より態度でしめせ。彼女のことを想うのなら片時も目を離さず応援しつづけろ。それが男ってもんだ。三年前の美容師はそんなんじゃなかったぞ」

また美容師の話……。莉子といったいどんな関係にあった男性だろうか。

すると莉子のぶっきらぼうな声が告げてきた。「笹宮朋李《ささみやともき》さんはいまも飯田橋のレティシアでわたしの担当をしてくれてる美容師さんです。つきあってたわけじゃないし彼氏でもありません」

関根はあわてたようすで笑いかけた。「きこえてたか。すまんな」

「んー」莉子は紙片を凝視していた。「最初のほうはニュースの見出しみたいな文章の羅列。それから英単語。最後は旅行ツアーの売り文句っぽいセンテンス集。宝石と何か関係あるのかな。関根先生はどう思いますか」

「どれ」関根は莉子が差しだした紙を受け取った。老眼鏡を取りだしてかける。「ええと……。ああ、たしかにこの『ハワイ島の谷底に沸きあがるマグマ』などは、真っ赤なルビーのことかもしれんな。しかし『観光客で賑わう万里の長城』ってのはなんだ。とても宝石の形容とは思えんよ。ニュースの見出しも英単語もさっぱり理解不能だな。たいして意味のない紙っきれじゃないのか」

小笠原はそう思わなかった。浪滝の側近はソファに置き忘れた紙をわざわざ取りに戻ってきた。周囲を気にする素振りもみせていた。なんらかの重要な相談事に用いていた可能性も、否定しきれないのでは……。

莉子が関根にきいた。「このトーナメントのゲーム、どう思いますか」

「ゲーム？　ああ、見ごたえがあるよ。将棋の対局を連想させるし、スリリングだ。よく考えてある」

「そうかもしれませんけど、なんだかひっかかりません？　必要のない儀式がルールによって強制されているのが気になるんですけど。たとえば最初の〝本物を見抜く人〟と〝偽物を見抜く人〟をきめる二枚の札です。ジャンケンかコイントスで決められるのに、どうしていちいちあんな封筒を用意するんでしょうか」

「雰囲気を高めるとか、演出だろう。札に指輪がつながっているとは粋じゃないか。それともきみは、あれに何か仕掛けがあるとでも？」

「いえ……。札を手にとって調べてみましたけど、指輪には切れ目もないし、札にあいた穴からは取り外せませんでした。指輪を付け替えることは不可能だから、トリックがあるとは思えません」

「封筒にも二枚の札以外には何も入ってなかった。もちろん、丸と菱形《ひしがた》のマークもしっかり刻みこまれていて、取り替えられるものではない。札の裏表でマークが違っているわけでもない。私も確認したよ。あれは公明正大な抽選だ」

「ですよね。けど、どうも気になるんです。上手に座ったプレイヤーに丸か菱形かを選ばせて、開封されるまでのあいだ、封筒は司会進行役の手にあります。どうしてテーブルに置いておかないんでしょう」

「客席にもよく見えるように、高く掲げているだけじゃないのか。司会者は封筒のほかには何も持っていないし、二枚の札もたしかに封筒からでてくる。すでに十数回も見とるんだ、怪しい動作はないよ」

「おっしゃることはわかります。それでもやっぱりあの儀式は……。どこか妙です。しっくりこない」

小笠原は自分のカバンを膝《ひざ》の上に載せた。「ノートに絵を描いて検証してみる?」カバンをまさぐってノートを取りだす。筆記具が見当たらない。ボールペンは底に落ちてしまったらしい。中身を次々とテーブルに積んでいった。手帳。名刺入れ。それに文庫本。石田衣良の『約束』だった。

やっとのことでボールペンが見つかった。「あった。さて、描いてみるか」

するとそのとき、莉子が文庫本をひったくった。大きな瞳《ひとみ》がさらに丸く見開かれている。

「ああ!」と莉子は文庫の表紙を見つめ、叫び声をあげた。「これだわ。これよ!」

ウィスキーグラスを呷《あお》っていた関根がむせた。「なんだね。いきなり声を張りあげて」

小笠原も疑問に思った。「その本、角川文庫の編集者が通勤のお供にくれたものだけど……。どうかしたの?」

莉子は興奮ぎみに目を輝かせていた。著者名の一字を指さしていった。「田んぼの田よ」

「……それが何か?」

「わからない?」莉子はノートとボールペンを手にとった。「封筒の中身は、最初こうなっているのよ」

小笠原は思わず感嘆の声をあげた。関根も同様だった。

「なるほど」小笠原はつぶやいた。「縦に割るか、横に割るかの違いだけか」

莉子がうなずいた。「そのとおり。上手のプレイヤーが丸と菱形、どちらを選択するかによって、司会進行役は札を割る方向をきめる。封筒の封を破る動作のなかで折り曲げれば、ごく簡単に割れるでしょう」

関根は呆然《ぼうぜん》とした面持ちになった。「ナンセンスな話だ……。しかし、きみのいうこと

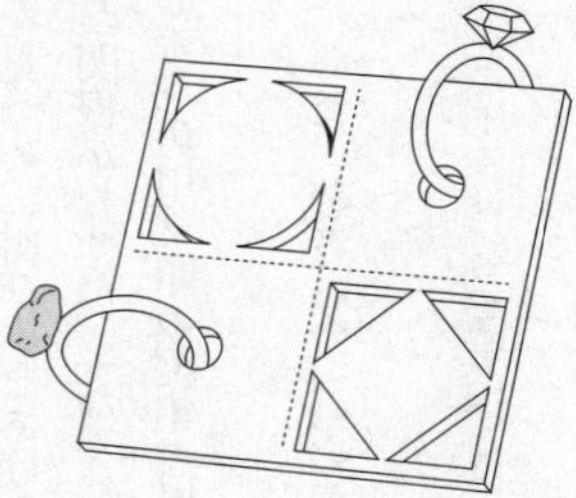

にも一理ある。トリックでなければ、こんな面倒なやり方を用いる必要はない。公正な抽選なら、ジャンケンかコイントスで代用できるはずだ」

酔いがまわっているのだろうか。小笠原は関根に指摘した。「さっき凜田さんがそういいましたよ。否定したのは関根先生ですけど。雰囲気がどうとかいって」

「そうだったか。記憶にないな……。抽選に見せかけて抽選ではない。司会者は自由に決められるわけだ。〝本物を見抜く人〟と〝偽物を見抜く人〟、それぞれどちらのプレイヤーにするかを」

莉子はしばし熟考しているようすだったが、やがてぼそりとつぶやいた。「あるいは……。ルール上〝本物を見抜く人〟は先攻と決まってる。このトリックによって対戦者のどっちを先攻にするか決められる。あー、それなら……まさか！」

ふいに莉子は扉に駆け寄った。ドアノブに手をかけて開け放つ。

小笠原はあわててきいた。「どこへ行くんだ？」

振り向きもせず、莉子は廊下に飛びだした。「ロビーよ」

ロビー？　いったい何を思いついたのだろう。小笠原は関根をひとり部屋に残し、莉子の背を追って走りだした。エレベーターに乗りこみ、一階まで下る。ふたりはロビーにでた。

莉子がフロントの脇にある、公衆電話コーナーへと駆けこんでいった。置いてあったタウンページを開く。「ええと……。か、き、く、け、こ。娯楽遊戯機器用品販売。あった」

天井に埋めこまれたスピーカーからアナウンスが流れた。「ゴールデン・プログレス商会主催宝石鑑定トーナメント、間もなく再開いたします。参加者および関係者のかたがたは会場へお急ぎください」

小笠原はうながした。「凜田さん」

「少しだけ待って」莉子は電話帳のページを繰った。「次の休憩時間は夕方五時。なんとか間に合わせなきゃ」

搬入

莉子は三回戦を、またも誤答ゼロで勝利した。

同じく愛美も、ひとつのミスもなく勝ち抜いた。これで両者ともにベスト四に進出した。準決勝はそれぞれ別の相手とあたる。さらに勝ちあがれば決勝でぶつかることになる。

愛美は鬼気迫る闘志を剝《む》きだしにしていた。観客も熱い拍手を送っている。貴賓席のごとく特別に設えられた壇上、玉座に似た椅子におさまる浪滝も、満足そうな笑いを浮かべて見守っていた。

そんななか、莉子はひとり冷やかな気分に浸っていた。からくりはほぼあきらかになっている。あとは実証あるのみだった。

夕方五時、待ちに待った休憩時間が訪れた。莉子はロビーに駆けていった。

エントランスから外にでる。日没後の黄昏《たそがれ》どきを迎えた空の下、車寄せに一台の軽トラックが駐車していた。高級ホテルに似つかわしくないその車両に、ベルキャプテンもどこか迷惑顔だった。

軽トラの荷台には『娯楽遊戯機器用品販売／パメラ興業』とある。莉子の胸は躍った。注文の品が届いた。

小笠原と関根もホテルからでてきた。三人で力を合わせて、荷台に横たわるゴルフバッグ大の荷物を下ろす。ビニールのカバーに包まれたその物体は想像よりもずっと重かった。扉を開けるホテルマンもぽかんとして見守っている。関根はぜいぜいと息を切らしながら運搬に参加していた。「これ、凜田さんの部屋に持っていくのかね。狭いが置き場所あるかな」

莉子は当惑を覚えながらいった。「たぶん、テーブルをどければなんとか……」

そのとき、宇城が妙なものを見る目つきで近づいてきた。「部屋代が払えなくて働かされてるんじゃないだろうな」

小笠原が苦い顔で応じた。「〝餃子《ぎょうざ》の王将〟の皿洗いじゃないんですよ。トーナメントのからくりを暴く証拠の品です」

「からくり?」宇城の表情がこわばった。「そういうことなら、僕の部屋に運んだらどうだ。スペースは充分にある」

通りかかった愛美と咲耶が足をとめた。愛美は宇城に、軽蔑《けいべつ》のこもったまなざしを向けた。「今度はどんな悪だくみの相談？」莉子は愛美に呼びかけた。「蓮木さんもおいで願えませんか。極めて重要なことなんです」

「ふん」愛美が鼻で笑った。「遠慮しとくわ。茶番に付き合わされるのはもうたくさん。あなたがここまで勝ちあがるのは予想外だったけど、馴《な》れ合いの関係に堕するつもりなんてないから」

それだけいうと、愛美は顔をそむけて歩き去った。秘書の咲耶も戸惑いぎみに頭をさげてから、愛美につづいた。

荷物を支える関根が、さもしんどそうに訴えた。「宇城君も手を貸してくれんか」

宇城は覚めた顔で振りかえると、フロントに向かってぱちんと指を鳴らした。ベルキャプテンが台車を押しながら駆けてくる。

小笠原が皮肉っぽくつぶやいた。「ああ、台車ね……。さすが箸《はし》より重い物を持たない若旦那《わかだんな》。機転が違いますね」

「そうでもない」宇城は平然とこぼした。「銀食器のフォークとナイフは、箸より若干重いのでね」

ガチャガチャ

プレジデンシャル・スイートのリビングに据えられた物体、そのビニールカバーが取り払われた。

莉子が望んだとおりの物がそこにあった。重量のほとんどは、スタンド脚部の錘《おもり》だった。屋外で風雨にさらされてもびくともしない設置のために、必要とされる仕様なのだろう。

宇城がつぶやいた。「ガチャガチャか。それもトーナメント会場で使われている物と同じやつだ」

「そうです」莉子はうなずいてみせた。「タウンページの娯楽遊戯機器用品販売の項目には、アーケード用ゲーム筐体《きょうたい》や占いマシン、全自動麻雀卓などの中古品を取り扱う業者さんが載ってます。ガチャガチャも一体二万円ほどで買えます」

関根が感心したようにいった。「宝石ばかりじゃなく、こんな物の価値まで知ってるのかね。万能鑑定士を名乗るだけのことはあるな」

小笠原はガチャガチャのなかを覗《のぞ》きこんだ。「中は空っぽだな」

「まだね」莉子は本体に付属していたビニール袋を開けた。「中身はここにあるの。カプセル容器が二十個付属してるのよ。容器のなかには何も入ってないけどね。さてと」

油性のサインペンを取りだし、莉子はカプセルに番号を書きこんでいった。1から20まで記入を終えると、ガチャガチャ本体の上蓋《うわぶた》を外した。

1のカプセルを手にとり、内部にそっと差しいれる。莉子は説明した。「ガチャガチャの底部は、浴槽の排水口みたいに一点に向かって周囲が傾斜しているの。排水口にあたる部分をホッパーといって、そこには常に一個のカプセルがおさまるようになってる。お金をいれてハンドルを回すと、でてくるのはそのカプセルなのよ」

宇城がいった。「次にでてくるカプセルはもう決定済みなわけか。知らなかったな」

「ええ。ガチャガチャの内部がカプセルで満たされていれば、底部は見えませんから。……まず1のカプセルをホッパーにいれる。それから2のカプセルを、横にそっと這《は》わせるように置く。そうすれば、1に次いででてくるカプセルは2」

小笠原が驚いたようにきいてきた。「そうなの？」

「浴槽と違うのは、中身が水じゃなく球体カプセルってこと。あるていどの大きさがあるから、底部が単にホッパーに向かって傾斜しているだけじゃ、複数のカプセルがぶつかりあって、一個もホッパーに入らない事態が起きる。だから底部には勾配《こうばい》だけじゃなく、うっすらと渦巻き状にレーンがつけてあって、ホッパーが空になったらすぐに次のカプセルがおさまる構造になっているの。レーンに沿って一個ずつ慎重に置いていけば、排出もその順になるはず。ええと、次は3のカプセルを置いて、それから4……」

「信じられない」小笠原は唖然《あぜん》としたようすだった。「ガチャガチャなんて、完全にランダムとばかり思ってた」

「ランダムよ。普通のお店ならね。なぜなら、従業員はカプセルをふつうガチャガチャ本体のなかに、無造作に注ぎこむでしょう。底部のレーンに並ぶ順番も意図しないから、混ざり合った状態になる」

「それをランダムというならランダムってわけか。でも本当は、入れ方で順序が決められるんだな。意外だよ」

「まだ理論だけで、確認はこれから」莉子は20までのカプセルを入れ終えると、本体の上蓋を閉じた。「ガチャガチャのメーカーや機種によっても違ってくるだろうし、実験してみなきゃ。小銭ある?」

小笠原と関根が硬貨をだしあった。宇城ひとりだけは澄ました顔で告げた。細かい金はあまり持っていないんだ、使うのはクレジットカードとせいぜい紙幣だから。

富豪の力など借りずとも、充分な数の硬貨が揃った。莉子は最初のコインを投入し、ハンドルを回した。転がりでたカプセルの番号は1。これはすでにホッパーに入っていたのだから、でてきて当然だった。

問題は次だ。莉子はふたたび硬貨をいれてハンドルに手をかけた。「さあ祈りましょう。えいっ！」

ガチャンと音を立ててカプセルが取り出し口に落ちてくる。それをつかみだす。番号は……2。

関根が微笑を浮かべた。「お見事！」

つづけて三個目が試される。やはり番号は3だった。四個目は4。五個目も5……。

実験結果は非の打ちどころがなかった。二十個目にでてきたカプセルの番号は20。すべて意図した配列順に排出された。

莉子はため息をついた。「やっぱりね。底部のレーンより上に積んだカプセルの順番がどうなるかは微妙だったけど、この機種は渦巻き状に重ねていけば、ちゃんと全部その順序でホッパーにおさまるのよ。GP商会がトーナメントに採用したわけね」

すると関根が唸《うな》った。「よくわからんな。対戦ではプレイヤーが自主的に本物か偽物かを判断してる。カプセルの排出の順序が操作できたとして、それが勝敗にどんな影響を及ぼす？」

「関根先生」莉子はいった。「一回戦の後、テーブル上に残っていた宝石とカードを確かめましたよね？」

「ああ。きみは〝偽物を選ぶ人〟だった。正答率百パーセントの判定どおり、きみの皿に並んでいた宝石はすべて偽物だった。付属されていたカードにもすべて偽物と記してあった。対戦相手〝本物を選ぶ人〟の皿の上は、九割の本物と一割の偽物だった。だからきみの勝ち。どこにも間違いはない」

「真ん中のお皿は？」

「何？」関根は眉《まゆ》をひそめた。「真ん中？」

「捨て皿のことですよ」

「あれは当然、本物と偽物が混ざりあっていたよ」

「そこが問題なんです。いいですか。先攻の〝本物を選ぶ人〟は、本物だと信じた宝石を自分の皿に置く。偽物と思えば捨て皿です。後攻の〝偽物を選ぶ人〟も、偽物と感じた宝石を自分の皿に置き、本物と考えるなら捨て皿に置くだけです。では、ガチャガチャのカプセルの排出順が、本物と偽物の交互だったたなら？」

「……ああ！」関根は目を瞠《みは》った。「そ、そうか。先攻の〝本物を選ぶ人〟のターンでは、常に本物の宝石しかでてこない。鑑定を間違って偽物と判断しても、捨て皿に置くのみ。つまり、真贋《しんがん》いずれかに判断しようとも、自分の皿には本物しか並ばない」

「そうなんです。後攻の〝偽物を選ぶ人〟も同じです。自分の番にでてくるカプセルには、偽物の宝石しか入っていない。自分の皿に置こうが捨て皿に置こうが、カウントされるのは自分の皿だけです。だから誤答は常にゼロです」

「カプセルの排出順が完全に真贋交互なら、対戦者は双方ともに正答率百パーセント。しかし、たとえば〝本物を選ぶ人〟のみ、何個か偽物がでてくるように配列しておけば……」

「正答率はそれだけ下がる可能性がでてきます。対戦者の先攻と後攻は、例の二枚の札のトリックで運営側が決められますから、どちらに勝たせるか自由自在……というわけです」

「なんてことだ……。だが、本当にすべて操作されていたことなのか？　きみにせよ蓮木さんにせよ、実力ですべて正答したってことはないのか？」

莉子は思わず苦笑し、首を横に振ってみせた。「さきほどの三回戦で、わたしはまったく宝石を鑑定しませんでした。観察するふりだけして、でたらめに自分の皿と捨て皿のいずれかに置きました。それなのに誤答はゼロでした。実際、偽物はどれも精巧な出来栄えだったし、三十秒で正しい鑑定をおこなうなんて不可能です。みんな本当の正答率は五割程度、半々でしょう。それなのに結果を操作されてるんです」

小笠原が腕組みをした。「なるほどなぁ。いわれてみればたしかに僕らも、対戦者の皿ばかりに注目して、捨て皿への注意を怠っていた。最終的に捨て皿の上は宝石も真贋混在してるし、どっちのプレイヤーがいつ、どれを置いたか記憶に残っていない。そこが盲点だったんだな……」

対戦中、外見上まったく同じ宝石が二個でてくることは頻繁にあった。ひとつは本物で、もうひとつは偽物というケースもざらにある。すなわちゲーム終了時、捨て皿の上には同一の宝石が、真贋織り混ざって複数個ずつ存在するのが普通だった。カードと宝石はごちゃ混ぜになっているため、どのカードがどの宝石に付属していたかは判然としなくなる。なんと巧みなトリックだろう。真剣勝負にみせかけておいて、全試合が運営側の意のままだった。

宇城の顔面は紅潮しだした。「何もかもペテンだったのか？　すると愛美は、浪滝によってトーナメントを勝ち進むよう仕組まれてたってのか。そんな馬鹿な。おかしいだろ。浪滝は、愛美を没落させようと企《たくら》んでるはずだ。なぜ勝たせる？」

関根が神妙につぶやいた。「初戦で敗退するより、優勝を目前にして蹴落《けお》とされるほうが心に受けるダメージが大きい。闘志を燃やしていればなおさらだ。それも、正答率百パーセントをほこるライバルとの対戦となればな。対戦表は、蓮木さんとそのライバルが勝ちあがり、決勝でぶつかるように組んであった」

莉子はうなずかざるをえなかった。「そのようですね」

わたしは、蓮木愛美にとって憎むべきライバルに仕立てられた。決勝まで進み、愛美はわたしに破れる。名誉を失うばかりでなく、自尊心を完膚なきまでに叩《たた》きのめされる。それが浪滝のシナリオ、愛美に対して仕掛けられた残酷な罠《わな》だった。

ファイル

休憩が終わり、準決勝が始まろうとしている。大広間の照明も調整が進み、地明かりからスポットライトに切り替えられていた。いまは司会進行役のマイクテストがおこなわれている。

セッティング中の会場の端にたたずむ愛美に、莉子は歩み寄って声をかけた。「蓮木さん」

愛美はじろりと睨《にら》んできた。「なによ」

「あのう。お話ししたいことがあるんですけど」

「はん」愛美は小馬鹿にしたように笑った。「ガチャガチャのカプセルが真贋交互にでてくるようになってるとか？」

莉子は驚いた。「知ってたんですか」

「いまさっき宇城さんからきいたわ。部屋にガチャガチャを置いてあるから見に来いともいってた」

「本当なんです。このトーナメントは浪滝さんの書いた筋書きどおりに……」

「冗談はよしてよ。わたしがいちども誤答していないのがそんなに気にいらないの？」

「蓮木さん」莉子は戸惑いとともにいった。「これは意地やプライドの問題じゃなくて……」

「意地やプライドの問題でしょう。わたしに揺さぶりをかけようと、あらゆる手段を講じているのね」

「あらゆる手段って……？」

愛美は莉子の肩ごしに、なにやら目で合図をした。秘書の咲耶が駆け寄ってくる。咲耶は莉子をちらと見てから、愛美に一冊のファイルを渡した。

さがっていいわ、と愛美がいうと、咲耶は恐縮したように頭をさげて立ち去った。

「これ」愛美はファイルを莉子に突きつけてきた。「返しておくから」

「何ですか」

「とぼけないでよ。わざわざ部屋まで来てドアの下に押しこんだでしょう。あなた自身のコレクションでしょ」

コレクションとはどういう意味だろう。莉子は受け取ったファイルを開いた。

とたんに心臓の潮流が鈍った。かさばる紙束の一番上は、以前に莉子の写真を採用した

『週刊角川』の表紙だった。

そのほか、過去に莉子の名がでた記事ばかりがスクラップされていた。西園寺響《さいおんじひびき》の詐欺事件、映画ポスター放火事件、パリのフォアグラ食中毒事件……。

愛美は、莉子がページを繰るのに合わせるかのように告げてきた。「竹富島の海水淡水化詐欺事件、ステファニー出版の脱税事件、安倍晴明の式盤《ちょくばん》発見。あの小笠原って記者さん、あなたにぞっこんなのね。どれもこれも凜田莉子礼賛記事。個人の鑑定業者でしかないのに、やたら刑事事件に首を突っこみたがる理由はなによ。よほど名声欲に駆られてるのね」

莉子は途方に暮れていた。「こんなファイル、いったい誰が……」

「よしてよ。あなたは精一杯背伸びして、いくらかサマになってるつもりかもしれないけど、そうじゃないのよ。どうして私立の小中学校があると思う？　親が子供を産んだ時点で、子供の人生のスタートラインは決まるの。教育にかかる費用も、親が子にしめしてくれる大人としての振る舞いも、規範も、美徳も、可能性も、見せてくれる世界も根本的に違うのよ。生まれた環境によってこの世で成すべき使命も異なるんだから、何も無理をしてわたしと張り合おうとしなくていいでしょう」

「……蓮木さんは、わたしと別世界の人だとわかっています。でもきいてほしいんです。

対戦内容にはトリックが潜んでいるんです。過剰な演出もそれを隠蔽《いんぺい》するためです」

「そんな記事で信憑性《しんぴょうせい》を高められると思った？　仕組まれたトーナメントだなんて主張をわたしが受けいれて、棄権するとでも？」

胸にせまる悲哀がある。莉子は泣きそうになった。「本当なんです。わたしたちはお互い準決勝を勝ちあがる運命なんです。そして決勝でわたしを勝たせることによって、あなたに精神的な……」

「あなたは真っ当な戦術と思っているかもしれないけど、わたしにとっては稚拙かつ姑息《こそく》なの。つきあわせないで」

愛美は莉子を押しのけるようにして、足ばやに歩き去っていった。

その背を見送るうち、憂愁と傷心が入り混じって胸を疼《うず》かせた。莉子は滲《にじ》みでそうな涙をこらえて、立ちつくすしかなかった。

ゆっくりと近づいてくる人影がある。小笠原は気遣いに満ちたまなざしできいてきた。

「だいじょうぶ？」

八つ当たりに等しいと自覚しながらも、子供じみた衝動を抑えきれない。莉子はファイルを小笠原の胸に押しつけて、声を押し殺した。「前からいってるでしょう。記事になんかしてほしくないって」

茫然《ぼうぜん》とした面持ちのまま、小笠原はファイルを受け取った。

それ以上留まることはできなかった。じっとしていると泣きだしてしまいそうだった。莉子は駆けだした。会場を離れることが許されないのはわかっている。それでも、ここから遠ざかりたかった。追いすがる重責から逃れて無の境地に浸りたい。ほんの数分間に過ぎなくても。

名誉

莉子は鑑定などおこなわなかった。ただ宝石を自分の皿もしくは捨て皿に載せるに過ぎなかった。

しかしそれだけで、準決勝を勝利した。誤答は今度もゼロだった。

敗退した相手の打ちひしがれた表情を見るにつけ、やるせない気持ちになる。この人も運命を弄《もてあそ》ばれているだけだ。わたしや愛美と同じように……。

その愛美は、終始真剣な面持ちで準決勝に挑んだ。彼女は全身全霊を傾けてゲームに臨んでいるようだった。すでに気迫で相手に勝《まさ》っていた。

しかし、愛美がいかに本気だろうと、その鑑定が実際には当てずっぽうに等しいことを、莉子は知っていた。愛美はカプセルから取りだした宝石のうち、半分ほどを捨て皿に載せている。彼女は慎重に判断を下した結果だと信じているだろうが、事実は違う。

シナリオどおりに愛美は勝利した。正答率百パーセント。愛美はその結果に満足するように、会心の笑みを浮かべていた。

決勝の舞台を前に、関根が莉子に近づいてきて告げた。「蓮木愛美が聞く耳を持つことがあるとすれば、それは敗退したときだな。きみは決勝に勝ったうえで、すぐにその場で事実を白日のもとに晒《さら》せ。方法はほかにない」

莉子は同意せざるをえなかった。優勝が決まったら辞退を申しでよう。理由をたずねられたら、返す刀で何もかもぶちまける。愛美が会場から立ち去らないうちに。

午後七時、決戦のときを迎えた。

場内の照明が落とされ、霧状にスモークが焚《た》かれた。真上からのスポットライトに、テーブルの表層が白く浮かびあがる。莉子は光の帯のなかに歩を進め、一礼して着席した。

向かいに座る愛美は、さっき莉子にみせた敵対意識を微塵《みじん》も覗《のぞ》かせることなく、別人のような居ずまいを貫いていた。明鏡止水そのものといったすまし顔。雛壇《ひなだん》席に詰めかけた報道陣の目も意識しているのだろう。

ふたりの役割を決める抽選が始まった。上手に座っているのは愛美だった。丸か菱形《ひしがた》かを問われ、愛美は丸を選択した。

司会進行役の封筒をつかむ手に、不自然に力が加わったのを莉子は見た。すべてが判明したいまとなっては、何もかも茶番に等しく思える。

封筒から取りだされた二枚の札のうち、丸のほうにダイヤの指輪が嵌《は》まっていた。愛美が先攻の〝本物を選ぶ人〟になった。いや、あらかじめそう決められていた。

特別席から見下ろす浪滝の姿が、暗闇にぼんやりと浮かぶ。表情までは判然としない。きっと悦に入っているのだろう。莉子はそう思った。運命の書を手がけた全能の神の心地に浸りきっているに違いない。

ゲームは始まった。愛美がガチャガチャのレバーを回す。最初のカプセルを取りだして開ける。サファイアらしき宝石とカードをつまみだした。

愛美はルーペでしきりに宝石を眺めまわした。三十秒間をフルに使いきり、それを捨て皿に捨てた。迷いのない動作。顔をあげ、闘争心のこもった目で莉子をじっと見据えてくる。

莉子の番になった。ガチャガチャを操作し、転がりでたカプセルを開ける。オパールとおぼしき宝石を指先につまみとった。

鑑定ではない、ただ見ているだけだった。集中しようにもできなかった。愛美に対する憐憫《れんびん》の情だけではない、わたしの心も深く傷ついている。実感とともにそう悟った。

永遠にも思える堪えがたい時間。莉子は宝石を自分の皿に置いた。その判定に、特に理由はない。

すべての宝石を自分の皿に並べても結果は変わらないだろうが、非常識もしくは不審な動作と受け取られ、ゲームを中断させられる恐れもある。そうなったのでは元も子もない。いまは真摯《しんし》に対戦に臨んでいるように装うしかない。両者の運命はすでに決定済みだが……。

鑑定のターンが交互につづき、やがて莉子が最後の宝石を手にするときがきた。それをしばし眺めてから、捨て皿に載せる。ゲームは終了した。

審判がテーブルに歩み寄り、それぞれの皿に載ったカードのシールを一枚ずつ剝《は》がしていく。

愛美はクリスチャンなのか、十字を切り両手を組み合わせて、祈るしぐさをした。その切実なつぶやきが莉子の耳にも届いた。「負けたくない。勝たせてください。わたしは負けたくない……」

集計結果が審判から司会進行役に伝達されたらしい。司会進行役はうなずいて、マイクに声を張った。「〝偽物を見抜く人〟凜田莉子様。十三個中、四個正解。正答率三十・七パーセント」

ざわめきが広がる。莉子も息を吞《の》んでいた。三十・七……。思いもかけない低い数字だった。

司会進行役がつづけた。「〝本物を見抜く人〟蓮木愛美様。十四個中、十四個正解。正答率百パーセントです。勝者、蓮木愛美様！」

わあっと歓声があがり、雛壇席が総立ちになった。カメラのフラッシュが稲光のごとく閃《ひらめ》き、辺りを白昼のように照らしだす。

愛美の反応は、その状況に置かれた人間なら誰でもしめすであろう、ごく自然なものだった。両手で口もとを覆い、瞳《ひとみ》が潤みだす。ゆっくりと椅子から立ちあがると、身を震わせながらたたずんだ。頰を大粒の涙が滴り落ちる。

万雷の拍手が鳴りやまない。栄光のなかにたたずむ愛美を、莉子は茫然と見つめていた。

駆け寄ってくるふたつの人影があった。小笠原と関根だった。

関根はルーペを目にあてがい、食いいるように宝石を見つめた。「なぜだ。凜田さんを勝たせる予定じゃなかったのか？」

小笠原も戸惑いのいろを浮かべていた。「まさか、最初の札を割る方向を間違えたんじゃ……。勝敗が入れ替わったのかも」

いや……違う。それなら運営側がゲームの進行を許したはずがない。シナリオに狂いはなかった。愛美が勝ち、わたしが負ける。それが真の筋書きだったのだろう。

いつしか主催者の浪滝も、壇上でスポットライトを浴びていた。立ちあがり拍手に加わっている。欣然《きんぜん》として祝福を惜しまない。公正なる主催者にこそふさわしい態度だった。

愛美の権威を失墜させるため、大金を受け取ったはずなのに。

トーナメントを通じ、浪滝が愛美に与えたのは名誉と至福のみだった。

いったいなぜ……。

ラテラル・シンキング

年が明け一月七日、莉子は小笠原とともにロンドンを目指し旅立った。愛美の出席する〝御前鑑定〟の観客席に、なんとか潜りこみたい。そう願ってのことだった。

自腹を切っての渡航ゆえに、格安航空券にしか手がだせないが、とにかく現地に赴くのが先決に思えた。

宇城とは連絡がとれている。現地にいる彼と合流できれば、友人としてバッキンガム宮殿に立ちいれるかもしれない。とはいえ、そこまでたどり着くのが至難の業だった。

年末年始の飛行機のチケットは軒並み完売していた。ようやく押さえられたのは、御前鑑定の前夜着の便、それもロンドンではなくパリ行きだった。

空路の乗り継ぎ便も、ユーロスターも席はとれなかった。残された手段は船のみ。パリ郊外のシャルル・ド・ゴール空港から、夜通しバスと列車を乗り継いでカレー港に移動。早朝に出航寸前のフェリーに滑りこみで乗船、ドーヴァー海峡を越えていった。

地元民のほか、大勢の中国人旅行者が乗りこんでいる。船内はすし詰め状態で、腰を下ろすスペースすら確保できない。旅客機のエコノミークラスに十三時間、シャルル・ド・ゴール空港の入国審査では二時間も列に並ばされ、船には立ち乗り。きつい試練だったが、さいわい波は高くなく揺れもほとんどなかった。なんとか船酔いだけはまぬがれた。

ここまでの道中、外国らしい景色はさっぱり目にしなかった。観光地に立ち寄っていない以上、仕方ないのかもしれない。いまもどんよりと曇った空の下、霧に包まれた灰いろの海原を眺めるだけだった。英仏を渡ってここまで味気ない旅も珍しいに違いない。

潮風が吹きつける甲板で、小笠原は真摯《しんし》なまなざしとともにささやいてきた。「凜田さん。今度のことは、本当にごめん。迷惑ばかりかけて」

莉子は動揺した。「わ、わたしのほうこそ、ごめんなさい……。小笠原さんに八つ当たりなんかして」

ようやく思いを打ち明けられた。日本を離れてから丸一日、沈黙が破られたことに妙な安堵感《あんどかん》があった。

小笠原も同じように感じていたらしい。ほっとしたような表情、そして微笑が浮かんだ。

その顔を見かえすうち、莉子も笑った。

言葉を交わさなくても気持ちは通いあっている。たしかな実感が胸のなかにひろがっていった。むしろ以前より距離が縮まったように思える。ほんの数歩にすぎなくても。

汽笛が鳴り響く。二時間弱が経過し、行く手に陸地が見えてきている。船は無事イギリスに到着した。

ドーヴァー。世界で最も忙《せわ》しい港。十隻以上の船が停泊可能な広大さを誇り、ピーク時には十分間にいちどの船の出入りがある。

構内は東西ふたつのブロックに分かれていた。東港が貨物トラック用フェリーの発着場、西港は一般乗用車や旅行客用の高速船、それにホバークラフトのターミナルになっている。フェリーはその西港に接岸した。

莉子は小笠原につづいて下船した。旅行用トランクを押しながら栈橋を進む。ゲートをくぐろうとしたとき、制服姿の職員がふたりを押しとどめた。

職員は莉子たちが差しだしたチケットに不審を抱いたようすだった。いかにも英国人らしい、厳格そのものといった面持ちの職員がたずねてくる。「失礼。《エクスキューズ・ミー、》おふたりとも、《マダム。》フランスのカレー港で乗船なさったんですか？《メイ・アイ・アスク・ユー・ウエザー・ユー・ゴット・オン・ボード・アット・カレー・フェリー・ボート・オブ・フランス？》」

莉子はイエスと返事し、英語で告げた。「ほかに《オフ・コース、》寄港した《ウイ・デイド。》場所もないし、当然そうですけど《ゼアズ・ノー・アザー・ポート・トゥー・コール・アット。》」

すると職員はいっそう険しい顔つきになり、同僚を振りかえっていった。「カレーの港湾局に問い合わせて、フェリーが定時に出航したか確認しろ」

「あ、あのう」莉子は困惑とともにたずねた。「どうかしたんですか?」

「そのままお待ちを」職員はそう命じて、ふたりの前に立ちふさがった。

小笠原が莉子を見つめてきた。「変だな。どうして僕らだけ立ち往生させられてる?」

たしかに莉子と小笠原を除き、乗客は誰もが問題なくゲートを通り抜けている。呼び止められる者はほかにいなかった。

やがて職員に同僚が耳うちした。職員は莉子たちに鋭い視線を投げかけてきた。「確認したいことがあります。おふたりとも事務所においで願います」

混迷は深まるばかりだった。莉子は職員を見かえした。「どういった点が気になるんですか」

「それを説明がてら、いろいろ事情をお伺いせねばなりません。とにかくおいでください」

「わたしたち、きょうは急ぎの用がありまして……。なんとしてもロンドンに行かないと」

職員は態度を硬化させた。「私どもが認めない限り入国は不可能です。任意ではありません。法に基づいた執行ですので従っていただきます」

話し合いの余地はない、莉子はそう直感した。ドーヴァー港の湾岸地区には、王室の許可によって設立された管理団体と開発組織がある。厳格さでも世界随一と噂されていた。彼らに刃向えるはずがない。

小笠原はあからさまに顔をしかめた。「なんだよ……。理由もいわずに連行する気かよ」

莉子も弱り果てていた。職員が不信感を抱く理由があきらかになれば、誤解がどこに起因しているか論理的に導きだせるかもしれない。しかし、分析に必要なだけの情報が提供されない以上、何も考えられない。

時間的にも余裕はなかった。拘束されたのでは御前鑑定には間に合わない。

どうしよう……。途方に暮れていたそのとき、港側から足音が近づいてきた。制服振り向くと、一見してツアーガイドとわかる若い女性が歩み寄ってきた。制服とドレスとドレスの中間のような、洒落《しゃれ》たデザインのスーツを身に着けている。

華奢《きゃしゃ》な体型で、背丈は莉子と同じぐらい。明るく染めたショートヘアが、小顔を緩めのリバースカールで縁取っている。その清楚《せいそ》な髪型は、ぱっちりと見開いた瞳《ひとみ》と色白の肌を絶妙に引き立たせていた。鼻筋が通っていて、薄い唇はややアヒル口ぎみ。年齢も莉子と変わらないように思えるが、その堂々たる態度がなければ少女にも見えるほどの童顔だった。

女性はＪＴＢのロゴが入った手旗を持っていた。莉子はゲートの向こうに目をやった。ツアー客らしき日本人の集団が立ちつくし、こちらを眺めている。

あのグループを率いているツアコンらしい。莉子が面食らっていると、女性はちらと莉子を見やってから、職員に向き直った。「問題が発生している《シュッド・ゼア・ビー・エニィ・プロブレムズ、》ようですので、わたしが対《プリーズ・レット・ミー・》処《ハンドル・イット。》します」

ネイティヴと変わらなく思えるほどの、流暢《りゅうちょう》な英語の発音。職員も眉《まゆ》をひそめてきいた。

「あなたは誰です？」

「添乗員の浅倉絢奈《あさくらあやな》といいます」

「このふたりは、あなたのツアーの参加客ですか？」

「いいえ」絢奈という添乗員は不敵にも、にっこりと微笑んだ。「でも同じ日本人ですから」

莉子のなかに鈍い感触があった。思わず絢奈にたずねる。「遠くから見ただけで、わたしたちを日本人だと判断できたの？　なぜ？」

絢奈は莉子を見かえして、平然と告げてきた。「中国人ならスーツケースベルトを十字にかけることが多いの。おふたりとも横に一本かけてただけだし」

「へえ」莉子は心底驚いた。「そうなの？　初めて知った。旅行ガイドブックにも書いてないし」

「そりゃそうでしょう。実地の経験で身に付いた判別法だから」

小笠原が意外そうな声をあげた。「凜田さんが『へえ』だなんて。いつもいわせる側なのに」

職員は硬い顔のまま絢奈にいった。「あなたには関係のないことです。このおふたりのチケットに不審な点があったというだけですから」

しばし絢奈は真顔になったが、すぐに屈託のない目を細めて笑みを浮かべた。「チケットに打刻されている時刻が、出航より遅くなっている点なら心配ないですよ。このふたりはフェリーがでる寸前に駆けこんだんですから」

「えっ!?」小笠原は絢奈を見つめた。「どうして知ってるんだ。船内から見てたとか?」

「まさか」絢奈は苦笑した。「わたしたちは、これからフランスのカレーに渡るところです。フェリーに乗ってきたわけじゃありません」

「じゃあ、なぜ……」

職員が苛立《いらだ》ちを募らせたらしく、絢奈の鼻先にチケットを突きつけた。「ぎりぎり駆けこんだ?　この打刻を見てください。出航時刻より七分も遅いでしょう。いまカレーに問い合わせたところ、複数の港湾局員が双眼鏡でフェリーを見ていて、定時の出航を確認したことがあきらかになりました。船が港をでた七分後にチケットを購入したふたりが、なぜか船に乗っている。どうしてこんなことが起きるんです?」

どこに疑惑を持たれているかはあきらかになった。けれども、原因はいまもって不明だった。莉子は思い惑わざるをえなかった。解明のためにはカレーに戻らねばならないだろう。それも、論理的に正しい結論を導きだせるかどうかはわからない。英仏の港の習慣や決まりごとについても、本で読んだ以上のことは知らないし……。

ところが絢奈があっさりといった。「簡単です。フェリーのロープは定時に外されたけど、その直後に港の事務局から船長に連絡が入ったんです。ふたりの日本人乗客がチケットの購入手続き中だが、どうしても乗りたいといってる。できることなら待ってくれないかって」

「な、何?」職員が目をぱちくりさせて絢奈を凝視した。「ロープだって?」

莉子は、寝起きの顔に水を浴びせられた気分だった。「あー! そっか。出航時刻ってのは、港を離れた瞬間ではない。タラップを外したときでも、スクリューを回したときでもない。ロープを外す行為こそが、公的に出航とみなされる」

絢奈は満面の笑みを浮かべた。「そう! 港湾局の人たちは双眼鏡で、ロープがほどかれたことを確認して、時刻を記録した。その後、ふたりが手続きを終えるまで七分かかった。チケットに打刻してもらって、やっとのことで乗船。フェリーは港をでて、ピッチをあげて遅れを取り戻し、ドーヴァーにも定時に入港した。こっちの人って、あまり〝駆けこみ乗船〟はしないのよ。たぶんふたりとも、窓口に無理をいったんでしょう？　前例がない事態だったから職員さんも混乱したのよ」

たしかに……。莉子は恐縮しながら小笠原を見た。小笠原もばつの悪そうな顔で見かえした。

すぐさま絢奈は、英語で丁寧にその見解を職員につたえた。当初は難しい顔をしていた職員も、しだいに首を縦に振るようになり、最後には笑いすら浮かべた。

「なるほど」職員は大きくうなずいた。「たしかにチケットも本物だし、その説明なら納得がいきます。お引き留めして申しわけありません。よい旅を」

小笠原がおどおどしながら頭をさげた。「ど……どうも」

莉子は茫然《ぼうぜん》とした気分で絢奈を見つめた。「船に乗り合わせたわけでも、チケットを見たわけでもないのに、真相に気づくなんて……。あなたはラテラル・シンキングでものを考えるの？」

すると絢奈は、さも嬉《うれ》しそうに表情をほころばせた。「そういうあなたはロジカル・シンキング？　論理的な人って頭いいよね。うらやましい。わたし中卒だし、成績も学年最下位だったし」

「え？」莉子はどきっとした。顔はまるで違うのに一瞬、鏡を見ているような錯覚にとらわれる。「で、でも、あなたは立派に添乗員を務めてるし……」

そのとき、ツアー客とおぼしき中年男性が駆け寄ってきた。「添乗員さん！　大竹さんがまたひとりで行動しちゃってます。爪切りと耳かきがほしいから売店を探してくるって」

絢奈は呆《あき》れた顔をして吐き捨てた。「鬼怒川《きぬがわ》の温泉バスツアーに来てるんじゃないのに。どこへ行く気よ」

冗談めかせて怒るその表情としぐさには、猫のような可愛げがあった。こんなにすなおで魅力的な添乗員は会ったことがない。莉子はそう思った。

いったん駆けだしてから、絢奈はこちらを振りかえった。愛想よく手を振りながら絢奈がいった。「じゃあ、お気をつけて。駅まではシャトルバスがでてるから」

ふたたび走りだした絢奈の背が、ツアー客とともに小さくなっていく。小笠原がつぶやいた。「凜田さんの生きうつしみたいな頭の良さだね。性格はよりアグレッシブみたいだけど……。僕らが駅を利用するって、どうしてわかったんだろ？」

「……根拠になる材料がなくても、自由な発想であらゆる可能性を模索、検証して真相に行き着く。論理を掘りさげるロジカル・シンキングとは対極に位置する思考法。わたしにとっては大の苦手」

「そうなの？」

「ええ。瀬戸内店長の教えが論理的思考法だったせいもあるけどね。もしラテラル・シンキングが得意だったら、宝石鑑定トーナメントのトリックにも最初から気づけたでしょう。以前に論理の盲点を突かれた罠《わな》のすべてがそう。『モナ・リザ』の鑑定テストとか『太陽の塔』の履歴書抽選とか……」

「おおげさだよ。それじゃ凜田さんの弱点すべてを補って余りある人みたいじゃないか。添乗員だから外国の交通事情に明るかったんだよ。ほんとに凄《すご》いのは凜田さんの論理的思考。それ以外にないね」

……励ましてくれるのは嬉しい。でもわたしは、論理《ロジック》で蓮木愛美を救えなかったがゆえにここにいる。気を引き締めねばと莉子は思った。浅倉絢奈のラテラル・シンキングを見習おう。憂慮すべき事態は御前鑑定にこそ生じうる。

英国王室

その朝、ロンドンのバッキンガム宮殿に王室旗が掲揚された。女王が宮殿内にいることを示す旗だった。

一万坪の敷地に建つ、ネオクラシック様式の壮麗な建造物。スイート十九、来客用寝室五十二、スタッフ用寝室百八十八、事務室九十二、浴室七十八を擁し、ほかに音楽堂や美術館、図書館なども設営されている。

蓮木愛美にとって、宮殿の舞踏会場で催される〝御前鑑定〟への招待は二度目の経験だった。よってさほど緊張もせず、むしろ充分過ぎるほどに自信をつけていた。昨年こそ、ヨーロッパ各国から招待された鑑定家たちの堂々たる態度に及び腰になっていたが、今年は違う。わたしは女王にお見せできる水準以上に技能を磨き、ここに帰ってきた。

場内の報道関係者の数は、去年の倍以上に膨れあがっていた。女王エリザベス二世だけでなく、ウィリアム王子とキャサリン妃が列席しているせいだった。

もっとも王室の人々は、真紅のカーペットが敷かれた階段のはるか上、バルコニー状にせりだした壇上に横一列に並んで着席し、こちらを見おろすように眺めるだけだ。直接に言葉を交わすこともない。鑑定家はただ、与えられた課題をこなすべく階段の下に進みで て、声を張るのみだった。王族からの感想も特に受け取れない。

それでも鑑定のもようは全世界に中継され、あらゆる出版物により紹介される。まさしく宝石鑑定に従事する者にとっての、誉れ高き最高の晴れ舞台だった。

催しは例によって、英国宝石学協会《Gem-A》のチャーリー・ウィドマーク会長の演説で幕を開けた。アメリカ英語を学んだ愛美には早口に思えるクイーンズ・イングリッシュで、ウィドマークはいった。「この御前鑑定が始まった一八四三年、もとは《ホエン・ザ・ジュエリー・アプレイザル・コンテスト・ビガン・イン・エイティーン・フォーティ・スリー、ザ・ロイヤル・カレッジ》外科医組合だったロンドン王立外科医師会が勅許を得て、《・オブ・サージョンズ・イン・ロンドン、フォーマーリー・ノウン・アズ・ザ・カンパニー・オブ・サージョンズ、ワズ・グランテッド・ア》現在のイングランド王立外科医師会となりました。《・ロイヤル・チャーター、エスタブリシング・ザ・ロイヤル・カレッジ・オブ・サージョンズ・オブ・イングランド》医療に比べれば宝石鑑定の仕事など取るに足らないという揶揄《やゆ》も受けました。当時、私どもの先人は彼らの意見に賛同しました。なにしろ第一回の御前鑑定の最優秀者はひどい花粉症であり、医学の助けなくしては偉大なる鑑定家ローリン・ランフランクは誕生しなかったのですから」

日本人にはさして面白いと思えない、遠まわしなジョークにも笑いが沸き起こる。愛美は聞き流しながら、報道陣の向こうに詰めかけた観客に目を向けた。

宇城颯馬の顔は見当たらなかった。彼はGP協会のトーナメントよりも前に、愛美の優勝を見越してイギリス行きのファーストクラス・チケットを予約していた。よって、険悪な関係になりながらも、この国に来る飛行機は同じだった。席も隣り合っていた。十二時間半のフライト中、愛美はひとことも宇城と口をきかなかった。

御前鑑定は絶対に見に行く、宇城はそう告げて空港で愛美と別れ立ち去ったが、ここに彼の姿はない。約束を果たす気はなかったらしい。

一抹の寂しさを感じだして、あわてて否定する。宇城とはもう縁が切れた。わたしは新しい人生を歩む、そう心に決めたはずだ。

演説が終わり、鑑定の披露が始まった。ヨーロッパ勢の鑑定家たちが、王室から提供された宝石をひとつずつ手にとり、所感を述べる。英語の表現に正確を期すことは当然だが、さらに王室や英国民への賛辞をうまく結びつけたオチが決まると、観衆がどっと沸く。

愛美の番がきた。王室の一族が見守るなか、その正面に歩みでた愛美に、銀のトレイが差しだされる。赤いシルクの上に大粒のダイヤモンドが横たわっていた。

ざわめきが起きる。百九カラット、発見当時は世界最大とされたコ・イ・ヌールのダイヤだった。

世界屈指の宝石コレクターである英国王室の誇り。ロンドン塔に厳重に保管されているはずの財宝。鑑定をまかされるのは光栄だが、なぜこんな有名な宝石を……。

手袋を嵌《は》めた指先でダイヤを持ちあげる。二十一・八グラムもある宝石、感じる重みはそれ以上だった。ルーペで覗《のぞ》きこむ。その鮮やかな光の屈折を網膜に焼きつけるべく、まじまじと凝視する。

ところが、愛美は肩透かしを食った気分になった。目もくらむようなダイヤモンドの輝きは皆無。見とれるような美はどこにもない。ガラス特有の醜い乱反射があるのみだった。

愛美は苦笑ぎみにいった。「五年前、《ファイヴ・イヤーズ・アゴー、》世間にはヘレン・ミレンの演技を絶賛する向きも《ヘレン・ミレン・ハズ・ウオン・ハイ・ブレイズ・フォー・ハー・パフォーマンス、》あったようですが、レプリカはしょせんレプリカにすぎません《バット・シー・ワズ・ジャスト・ア・レプリカ・オブ・ハー・マジェスティ・ザ・クイーン》。このコ・イ・ヌールのイミテーションは、女王陛下がただおひとりであるという事実をわたしたちにしめしてくれるでしょう」

ヘレン・ミレンは、二〇〇六年の映画〝The Queen〟で女王を演じた女優だった。愛美はそこに絡めて、鑑定結果をもとに女王を持ちあげてみせた。芝居がかった言いまわしはむしろ歓迎されるはずだ。

ところが、場内はしんと静まりかえった。咳《せき》ばらいひとつきこえない。

次に鑑定を披露することになっていたウェールズの女流鑑定士、レイチェルが駆け寄ってきた。「愛美……。いまの話は何？　イミテーションって」

「……このダイヤよ」愛美はつぶやいた。「どう見ても複製でしょう」

レイチェルは妙にあわてたようすでルーペを取りだし、しきりにダイヤを眺めまわした。その顔が当惑のいろとともにあがる。「御前鑑定に偽物がでるわけないでしょう。本物よ。わたしたちは独創的な表現に努めるのみ。真贋《しんがん》の区別なんて段階じゃないのよ」

周囲の冷やかな視線が突き刺さる。痛みは愛美のなかで焦燥に変わった。ふたたびルーペを覗きこむ。「まさか。この光の分散度……。ファイアはもっと明瞭《めいりょう》なはずでしょう」

見守る侍従たちはなおも無言だった。イギリス人特有のしかめっ面がほころび、よくぞお見破りになった、そう告げてくるのを待った。だが、そのときは訪れなかった。

ウィドマーク会長が近づいてきた。「蓮木女史。あなたはお国で優れた宝石鑑定士だときいている。よってその見識を疑うものではない。ただし、ここでは言語の壁もあり、意思の疎通にも難があるようだ。そこから互いに誤解が生じているものと推察する」

「誤解だなんて……。わたし、言葉はちゃんとわかります。このダイヤを本物とお考えですか？　それこそ見間違いですよ。よく観察してください」

「蓮木女史」ウィドマークは眉《まゆ》ひとつ動かさなかった。「席を外していただきたい」

再起不能

御前鑑定はつづいているにもかかわらず、愛美はひとり控室へと追い払われてしまった。

豪華な調度品に彩られた部屋にいても満足感などない。愛美は、唯一同室している秘書に当たりちらした。「咲耶、いったいどうなってるの。これは陰謀よ。あの人たち、下品なガラス細工をコ・イ・ヌールだなんて言い張ってる！」

近づいてくる足音がした。カーテンを割って姿を現したのは、ニットボレロにマフラーを巻き、ブーツを履いた日本人女性だった。

ここでその顔を見るとは、まるで予想していなかった。愛美は啞然《あぜん》として立ちつくした。

「あなたは……」

凜田莉子はにこりともせずに歩み寄ってきた。「明けましておめでとう、蓮木さん」

愛美は混乱しきっていた。「何しにここに来たの」

「控室に戻ってくると思って、用意しておいたんですけど」莉子は窓ぎわのサイドテーブルを指さした。

そこには瓶のコーラが一本置いてあった。

すると、なぜか咲耶が動きだした。テーブルに向かうのではなく、部屋をでていこうとしている。

莉子は棘《とげ》の感じられる物言いで告げた。「秘書さんはそこにいてください」

ぎくっとしたようすで咲耶が立ちどまる。振りかえったその顔に、怯《おび》えのいろが浮かんでいた。

どういうことなのだろう……。愛美は息を呑《の》んで莉子を見つめた。

その莉子がテーブルに近づいた。瓶を手に取ると、蓋《ふた》を開けて錠剤らしき物をいれる。

それからまた蓋を閉め、瓶を上下に激しく振った。

愛美は思わず驚嘆の声をあげた。

瓶のなかのコーラはたちまち変異した。黒々とした色素が消滅していき、数秒後には無色透明の液体が、ガラスの容器のなかを満たしていた。

「な」愛美はようやく声を絞りだした。「なんなの……。何が起きたの?」

「もともと中身はコーラじゃなくて、ヨードチンキの二十倍希釈液です。五グラムのビタミンCをいれてビンを振れば、酸性溶液でヨウ素がイオン化するので、ヨードチンキの色が消えて無色透明になります」

「そ、それってまさか……。あの晩のルームサービスが？」

「ええ」莉子はうなずいた。「クローゼットがある通路に入れるのはルームサービスだけ。でも、制服を着ただけの偽のホテルマンですから、キッチンの鍵など持っていません。ほかにも、キッチンに出入りしたように見せかける手段を豊富に用意していたんでしょうけど、あなたの注文は冷蔵庫の水十本をコーラに入れ替えてほしいというものだった」

冷蔵庫の中身……。そういえば、その後は確認していない。パーティーはお開きになったし、翌日には騒ぎが起きてそれどころではなくなっていた。

莉子がいった。「偽のルームサービスの目的はただひとつ、あなたのハンドバッグにイヌハッカを仕こむこと。それだけです」

愛美のなかに憤りがこみあげてきた。「咲耶。あなたが……」

「違います」咲耶の声は悲鳴に似ていた。「わたしは、そのう、何も関知しておりませんで……」

「ルームサービスに内線電話をかけたのはあなたでしょ！　ほんとは仲間を呼びだしたのね。清掃中の室内に猫を放りこんだのもあなただった。ずっとしらばっくれているなんて……。この恩知らず！」

猛然と挑みかかると、咲耶は恐怖にひきつった顔で退いた。礼儀などかなぐり捨てた挙動で室内を逃げまわり、やがて莉子を盾にするかのように陰に隠れた。

怒りとともに愛美は怒鳴った。「凜田さん。そこをどいて!」

すると莉子は、つまんだ指輪を愛美の鼻先に突きつけてきた。青緑いろのスクエアカットが光沢を放っている。

愛美は面食らって静止した。「何よ……?」

「六カラットのエメラルド。鑑定してください」

「わたしを馬鹿にする気?」

「あなたにも見えない真実があった。たったいまそう認識したはずです。だからあなた自身、確かめてみるべきです。蓮木さん。あなたの鑑定眼、本物ですか?」

莉子の冷静なまなざしがまっすぐに見据えてくる。言葉の重みがずしりと胸に響いた。

すかさず愛美は莉子の手から指輪をひったくった。ポケットから自前のルーペを取りだして宝石の観察に入る。

カットには見覚えがある。しかし輝きは遠く及ばない。愛美はいった。「これ、宇城家に伝わるコロンビア産エメラルドそっくりね。本物は青みがかった緑にわずかな黄が加わる。複屈折性は再現してあるけど、結晶の軸方向でふたつの異なった色に見えるはずでしょう。この偽物はまるっきり同色ね」

ふいに男性の声が低く響いた。「きみは以前に、うちの両親の前でその指輪を手にした。どうしてそのときと正反対の鑑定をする?」

はっとして顔をあげた。

いつの間にか宇城が室内に姿を現していた。彼の背後でカーテンが揺れている。

「う、宇城さん」愛美は愕然《がくぜん》として度を失った。「じゃあ、この指輪は……。なんで? どうしてよ。煌《きら》めきが見えない。わからない……」

莉子が静かにいった。「万能感。それがあなたに植えつけられた罠《わな》」

「万能感ですって……?」

「視覚で微妙な光の屈折ぐあいを捉《とら》えるのが、いかにデリケートなことか。あなたはよく知っているはず。でも知識に頼らず直感ですべてを見抜けると信じてしまえば、事情は違ってきます」

「……わたしに慢心があったとでもいうの?」

「そうです」莉子の真摯《しんし》な瞳《ひとみ》がじっと見つめてきた。「トーナメント会場の強烈なスポットライトの下では、宝石の光の屈折はかえって見極めにくくなる。まして三十秒で判断を下すなんてとても無理。でも競技として闘争心を煽《あお》られるなかで、ひたむきに努力するうち、徐々に直感に比重を置いても正解できると信じてしまった。いつしか魔法の杖《つえ》を手にした自分を疑わなくなった」

自覚はある……。いや、心の奥底で薄々感じていたことだ。けれども、疑うことをみずから遅らせてきた。凡百の鑑定家にとって突破不可能な壁を、わたしだけが越えた。そう信じたかった。

愛美は疑問を口にした。「どうして浪滝は、そんな手間のかかることをしたっていうの」

莉子はなおも穏やかに告げてきた。「トーナメントで敗退しても、あなたにとってはたいしたダメージにはならない。でも御前鑑定という大舞台で失敗すれば……。ニュースは世界に飛びます。あなた自身が犯したミスとなり、妨害の証拠はどこにも残らない」

「ああ」愛美は思わず両手で顔を覆った。「そうだったのね。集中できないのはそのせい。勘に頼ることが、悪癖になって定着しちゃってる」

「すべてはきょうのために仕組まれたことです」

「でも」愛美は釈然としない気分だった。「わたしをこんな目に遭わせてまで、浪滝はお金を集める必要があったの？　トーナメントに用意された宝石も半分は本物でしょう？　ガチャガチャのカプセルに入れたり皿に放りこんだり、無造作に扱ったわけだから借り物とも思えない。羽振りがよくなきゃ、最高品質の宝石ばかり集められないでしょう」

莉子は同意をしめしてこなかった。「トーナメントで本物とされていた宝石も、じつはすべて偽物だったとしたら？　ガチャガチャのなかに、本物と偽物が交互に入っていたのではなくて、本物にうりふたつの偽物と、それよりは出来の悪い偽物の交互にすぎなかったとしたら」

「まさか……。対戦終了後には、毎回のように専門家がテーブルに群がって宝石を観察したのよ。関根先生だって太鼓判を押してたでしょう」

「プロの宝石鑑定士の目すら欺く出来栄えだったということです。GP商会は借金まみれだし、集めた百七十億円も何かほかの目的に使おうとしているのだから、イベントのための宝石にお金はかけられないと思います。確証はありませんけど……」

宇城がささやくようにいった。「愛美。いずれにせよ、きみは孤立させられていたんだよ。そりゃ、大事なハンドバッグを傷つけられたんじゃルームメイトの僕を疑わざるをえないよな」

怒りが再燃しつつある。愛美は咲耶を睨《にら》みつけた。「凜田さんの記事のスクラップも、あなたが用意したのね」

「い……いえ」咲耶の顔はすっかり青ざめていた。「わたしじゃありません。ルームサービスにしても、スクラップのファイルにしても……。頼まれただけなんです。どんな意味があるのか、まったくわかっていませんでした」

「自分のおこないが生んだ結果をまのあたりにしたでしょう！　事前に知らされていなくても途中で気づいたはず。浪滝からいくらもらったの？　裏切りの報酬をいくら受け取ったのよ」

「も、申し訳ありません」咲耶は泣きそうな顔でまくしたてた。「春以降、GP商会で雇用してくれるというので……。ほんのささいな悪戯《いたずら》だと思ってました。妨害工作だと気づいたときには、もう手遅れで、打ち明けることもできませんでした。ごめんなさい」

莉子がため息をついた。「秘書さん。雇用の約束なんて、浪滝さんが守るはずないでしょう。ひとかけらの証拠も残さず計画を成功させられたのなら、その後あなたとの関わりなんか持ちたがらない。むしろ徹底的に遠ざけようとするはず」

宇城は腕組みをした。「愛美は誤答ゼロで強敵を打ち負かしたと信じこまされた。万能鑑定士を超えたからには、万能感に満たされるのも無理はないな」

愛美は打ちひしがれた気分で視線を落とした。「わたしは……。愚かなピエロでしかなかったのね」

悲嘆にくれたところで道は開けない。よくわかっていた。人に見抜けないものが見抜けるはずの鑑定家。なのにわたしには、何も見えていなかった。

ふいに莉子がいった。「蓮木さん。御前鑑定に戻りましょう」

「え……?」愛美は驚きを禁じえなかった。「なにをいいだすの?」

「わたし、宇城さんのおかげで場内にいれてもらって、隅っこで観てました。同行した小笠原さんがいまも会場のようすを見守っています。事態が悪化したなら知らせてくれるはずだけど、そうじゃないからまだ平気です。あなたは席を外すよういわれただけ。二度と参加するなと申し渡されたわけじゃありません」

「そんなの言葉の綾《あや》よ。わたしは宝石鑑定士として再起不能な失態を演じた。もう取り返しはつかない」

「いいえ。だいじょうぶです。あなたは自分を知ったのだから」

「凜田さん……。世界の壁って、想像以上に厚いのよ。わたし、それを実感したの。ロイヤルファミリーの前で赤っ恥をかいたのに、許されるわけがない。アジア人のゲストってだけでもハンデなのに……」

「ハンデ?」莉子はきいてきた。「イギリス人に生まれなかったのがハンデなんですか?」

愛美は言葉を呑《の》みこんだ。何をいうべきかも判然としない。

莉子の虹彩《こうさい》がいろを変えてみえた。蓮木さん、と莉子はいった。「人生のスタートラインに差なんかありません。わたしも離島の素朴な環境に育って、上京後はバイト先の店長に勉強の仕方を教わって、あなたの知らないことを見聞きしてます。人は同じ道の上で優劣を競ってなどいません。それぞれの道を行くだけです」

胸を抉《えぐ》られるような痛みが、電流となって全身を駆け抜ける。愛美は衝撃を受けていた。以前、わたしが莉子に伝えたことを、彼女は全否定した。そしていま、真実がそこにあると悟った気がする。自我を見失ったからこそ理解できる。人はそれぞれの道を行くだけ……。

宇城がいった。「僕は愛美を信じるよ。全力でぶつかればいい。その後のことなんか心配するな。あらゆる手を尽くしてきみの働き口を用意する」

愛美は胸がいっぱいになった。「宇城さん……」

咲耶がつぶやいた。「自分がニートなのに？」

むっとしたようすの宇城が咲耶を見かえした。「これが終わったら僕も働く。そのう、独力で何かを成し遂げるのも悪くないって気がしてきた」

莉子は勇気づけるように笑みを浮かべた。「壁を越えましょう。行く手できっと曙光《しょこう》がわたしたちを包んでくれます」

アフリカの星

ふたたび宮殿の舞踏会場に足を踏みいれたとき、愛美は緊張のあまり失神しそうな自分を感じていた。

心臓が締めつけられるように痛い。群衆のなかに立つ小笠原と目が合った。彼のほかには、まだこちらに視線を注ぐ観客はいない。願わくば永遠にこちらに気づかないでほしい、そう思えてくる。場内の端に差しかかったにすぎないというのに、歩が緩んだまま立ちどまりがちになる。

だが、莉子が愛美の手を握った。微笑を浮かべて愛美を見つめると、莉子は手を引きながらつかつかと赤いカーペットに向かい歩きだした。

ちょ、ちょっと……。心拍が急激に速まっていく。視界のなかで、二度と関われまいと信じた御前鑑定のようすが拡大されていった。オランダの鑑定家が王冠を手にとり観察している。愛美は莉子に引かれるまま、その場に割って入った。

場内がざわめいた。鑑定家が顔をあげてこちらを見る。ぽかんとした表情を浮かべていた。

レイチェルが椅子から立ちあがった。「愛美」

ウィドマーク会長が渋い顔をして進みでてきた。「蓮木女史。あなたはもう女王陛下の御前で充分に務めを果たされたと思いますが」

愛美は凍りついたまま、ひとことも発することができなかった。

すると莉子が、若干気取ったようなクイーンズ・イングリッシュを早口に響かせた。「友人に汚名返上の機会をお与えください《プリーズ・ギヴ・ハー・ア・チャンス・トゥー・リストア・ハー・オナー》。集中力が著しく低下していたこともあり鑑定を誤りましたが、このままでは女王陛下に失礼にあたりますうえに、わが国の威信にかかわります。どうか再度、挑戦の機会を」

呆気《あっけ》にとられて愛美は莉子にささやいた。「どこでそんな言いまわしを……」

莉子も小声でかえしてきた。「英語の勉強にシェイクスピア舞台劇のDVDを千回以上観たの。だからかえってアメリカ英語は全然駄目」

ウィドマークはいっそう表情を険しくした。「ぶしつけながら、そのような甘えが許される場とお思いであるのなら、それこそ御前鑑定を侮辱しておいでだ。集中力を欠いていたとおっしゃるが、自己管理もプロとしての……」

すかさず莉子はウィドマークを遮った。「失礼ながら、友人が集中できなかったのは会長の発言に誤りがあったからです。第一回御前鑑定の最優秀者は、たしかにくしゃみや鼻水に悩まされていましたが、当時その症状は枯草が原因とされ、枯草熱《ヘイフィーバー》と呼ばれていました。花粉症《ポリノーシス》と立証されたのは一八七三年になってからです」

静寂に包まれた場内で、ウィドマークは目を剝《む》いた。「たんなる表現の齟齬《そご》だ。当時はわからなかったが、ローリン・ランフランクの症状は実際のところ花粉症だろう」

「女王陛下の御前であるからには正確な表現がなされるはずと考えていた友人は、その生真面目さゆえ戸惑いを覚えました。鑑定の本質は真贋《しんがん》を見極めるものです。寄って立つ精神的支柱にぐらつきを感じたがゆえ混迷に至ったのです」

愛美は莉子が発言するたび、焼け火箸《ひばし》をあてられたような思いを味わっていた。抗議というよりはあからさまな難癖……。欧米人は、花粉症の原因が枯草でないと判明したいまも〝ヘイフィーバー〟と呼ぶ習慣がある。ウィドマークはむしろ正確さに努めたのだが、当時の医療を引きあいにだした演説の文脈からは、たしかに枯草熱と表現するほうが適切にも思える。

重箱の隅を突《つつ》くことにより打開策をみいだそうとする。捨て鉢もいいところの、自殺も同然の特攻作戦だった。王族がこんなゴネ得を許すはずが……。

ざわめきが広がったが、王族のバルコニーから咳《せき》ばらいがきこえると、ふたたび水を打ったように静まりかえった。

女王は無言のままこちらを見おろしている。しかしキャサリン妃は、ウィリアム王子になにやら耳打ちをしていた。

その王子が侍従になにごとか告げる。さらに侍従から侍従へと伝言がなされた。最終的に、ウィドマーク会長のもとにメッセージが届いたらしい。

ウィドマークは眉間《みけん》に皺《しわ》を寄せて、愛美を見つめてきた。「王子のご厚意をご自身の展望とできるか否か、今後の数分間にかかっていますよ。もういちどだけ鑑定をおこなっていただきます」

安堵《あんど》はほんの一瞬だった。ため息をつく暇もなく、銀のトレイが運ばれてくる。

観客席から感嘆の声が漏れきこえた。赤いシルクに載せられているのは、拳《こぶし》ほどもあるダイヤモンド。文字どおり世界一、五百三十・二カラットを誇る〝アフリカの星〟だった。通常は王室の笏《しゃく》に収めてあるはず。それがいまここに……。

愛美は手袋を嵌《は》めて、ダイヤを持ちあげた。ルーペで覗《のぞ》き見ようとして、指先が震える。

鮮やかな結晶。カットは当然のごとくアイデアル、カラーも無色、透明度《クラリティー》もFL。息を呑むような素晴らしい逸品に違いない。だが……。

震えが止まらない。自分の視覚が信じられなくなった。またしてもわたしの目は、光の屈折の美を捉《とら》えられないでいる。七色の煌《きら》めきに野暮ったさすら感じてしまう……。

そのとき、莉子の声がささやきかけた。「鑑定ひと筋に生きてきたあなたなんだから、いまこの瞬間に思ったことを口にすればいいんです。もう間違っているはずがありません」

……そうだ。愛美は胸の閊《つか》えがとれた気がした。いままで歩んできた道の険しさは、誰よりもわたし自身が知っている。そのわたしの下す判断を、自分で信じられなくてどうする。

さっきとは違う。わたしは真実を知った。

決意とともに冷静さが戻ってくる。愛美は顔をあげた。ウィドマークが目でたずねてくる。

「偽物です」愛美はいった。「安易なイミテーションとはまるでレベルが違います。成分も本物と同等の、人工合成ダイヤによるレプリカです。本物そっくりですが、ごくわずかながら黄、緑、黒の色味が結晶に見てとれます。触媒として合成時に用いられた鉄やニッケル、マンガン、コバルトなどの金属、それに窒素などの不純物が混入したためでしょう」

ウィドマークは澄ました顔で愛美を見つめてきた。「御前鑑定だというのに、また偽物だと?」

「……はい」

息苦しさを伴う沈黙がつづいた。視界に映るすべてが静止したように見えた。

次の瞬間、ウィドマークは微笑をこぼした。「おめでとう、蓮木女史。複製をお目にかけた失礼をお詫《わ》びしたい。御前鑑定へのご参加、あらためて歓迎申しあげます」

どよめきはすぐさま歓声に変わった。割れんばかりの拍手が鳴り響く。カメラのフラッシュもひっきりなしに閃《ひらめ》いた。

レイチェルが喜悦とともにいった。「やったわ! 愛美」

すべてがスローモーションに思える視界のなか、観客席から小笠原が駆けだしてくるのがわかった。見あげる壇上で王室の人々までも手を叩《たた》いている……。ぼやけてよく見えなくなった。涙が滲《にじ》んだせいだった。

愛美は莉子を見つめた。莉子も愛美を見かえした。澄みきった淀《よど》みのない瞳《ひとみ》に浮かぶ微笑。一片の曇りもない祝福のまなざしがそこにあった。

「ありがとう」愛美は精一杯の言葉を絞りだした。

莉子はかすかに目を潤ませながらつぶやいた。「よかったね」

夜明け

東京からクルマを一時間も走らせれば、陸の孤島に等しい地帯が広がる。多摩川を堰《せ》き止めて作られた奥多摩湖の南には集落もあるが、JR青梅線の駅から遠く離れた山林の奥深くは、都内でも屈指の穴場といえた。少なくとも、八千トンの生地と三千二百枚の衣服を人目につかず収納できる貸倉庫は、ここにしか存在しない。

小雨がぱらつく朝、浪滝琉聖は小高い丘の上から、眼下に連なる倉庫群を眺めていた。元は養鶏場だったという建物は朽ち果てて、屋根もあちこちトタン板で修繕されていたが、雨漏りがないことは確認済みだった。最低気温はマイナス十度に達することもあるものの、繊維の保存に支障はない。ここを計画の拠点にしてから三度目の冬、撒《ま》いた種がようやく実りだした。

ファーつきのウィンドブレーカーにくるまりながら、双眼鏡で周辺を観察する。田畑のあぜ道を、四トントラックが列をなして走行してくる。車両は続々と倉庫に乗りいれていく。搬入を開始して一週間、ようやく作業員たちの動きもこなれてきて、作業効率もあがりつつある。

背後に駐車してある浪滝のメルセデス・ベンツS550に並ぶように、一台の黒塗りの4WDが滑りこんできた。馬のいななきのような爆音をひとたび噴きあげてから、エンジンが鳴りやむ。静寂が戻ると、ツグミの鳴き声が木々のなかにこだました。

巨大な車体にいかついフロントデザインが特徴的な、リンカーン・ナビゲーターのドアが開く。降り立ったのは黒のスーツに黒のワイシャツ姿で、ネクタイだけ紫できめた髭面《ひげづら》の男だった。

年齢はきいたことがないが、浪滝よりいくつか下に思える。塩崎正宗《しおざきまさむね》は悠然と歩み寄ってきた。「ド田舎に潜んでいるから悪いニュースも聞き及んでねえとか、つまらねえ弁解に時間を費やすなよ」

「ふん」浪滝は鼻で笑ってみせた。「ロンドンの出来事ならけさのニュースで観た」

「思惑が外れたな」塩崎はにこりともしなかった。「女王が蓮木愛美を絶賛。物怖じしない態度は現代女性の誇りだとよ」

「BBCからCNNまでが日本最高の宝石鑑定士と持ちあげてるな」

「うちの組長がどれだけ口汚くあんたを罵《ののし》ったか教えてほしいか」

「ききたくないね。下品な表現は好かん」

「おい！」塩崎は詰め寄ってきた。「立場はわかってるんだろうな。目的を果たせなかった以上、相応の償いはしてもらうぞ。まずは預けた八億を返してもらおうか」

「あわてるなよ。十億以上の投資をしてくれたところもあるんでね」

「順番を待っていいたいのか？」

浪滝は思わず苦笑した。「そこまで高飛車な態度をとるつもりはない。計画がうまくいけば二年で巨額の収益が転がりこんでくる。以前の合意事項に沿って、利息をつけて返そう。一・五倍にする」

「二倍だ。蓮木愛美への注目度がずっとあがっちまった以上、もう手だしはできねえ。宝石の密輸や偽物の販売で、大幅な減益を食らうのは火を見るよりあきらかだからな」

がめつい奴らだ。浪滝は軽蔑《けいべつ》を覚えながら、ふたたび双眼鏡に目を戻した。「いいだろう。二倍で手を打つ」

「俺たちの金を元手に自転車操業か。儲《もう》けがあがらなかったら今度こそ逃げ場はねえぜ」

「きみらは宝石には詳しいが、アパレルのことはわかってないな。大船に乗った気でいればいい」

「船名がタイタニックじゃねえことを祈りたいもんだ。噂じゃ、あんたが手なずけた蓮木の秘書……峯野咲耶だっけ。素性がばれてお払い箱になったそうじゃねえか。ご自慢の冷徹な知性とやらはどこにいった？」

「あの女は捨て駒にすぎん。いいから、成長間違いなしの株でも買ったつもりで高みの見物を気取ってろ。組長にもそう伝えておくといい」

この程度のことで動じる私ではない。浪滝は自戒をこめて思いを胸に刻んだ。

父親が経営していた繊維工場の金庫から、ありったけの金を持ちだして逃げたのが十七のころだった。金はすぐに散財してしまったが、おかげで富に執着し依存する資本家たちの思考パターンを知った。とりわけ闇社会の富裕層どもは操りやすい。儲け話にすぐ乗ってくる。

以来、口八丁手八丁で事業を拡大しここまでやってきた。目もくらむ金額を動かす立場になろうと、やるべきことは個人商店と変わらない。オリンパスは、ケイマン諸島の謎の会社に六百八十七億円ものコンサルタント料を払ったり、他社を七百三十四億円で買収したり、その決算時に五百五十六億円への減損処理をおこなったりした。ゴーサインをだしたのが社長だろうが会長だろうが、彼ら自身の金ではない。元手は投資もしくは融資にすぎない。

投資家から集めた金額が小国の予算に匹敵する規模だろうと、身銭を切ったわけではないのだから気楽に運営すればいい。いずれ確実に転がりこむ莫大《ばくだい》な利益が、すべてを帳消しにしてくれる。

暗黒街の顔役とは、札束のベッドに横になり、純金《じゅんきん》のデスクにおさまって葉巻を吹かすもの……。子供のころに不良の道を選んだときに抱いた夢想を、打ち消せないまま大人になり、この歳に至った。

心の片隅で馬鹿らしく感じながらも、愚行の果てに希望があるという思いを否定できなかった。理由は簡単だった。そこまでの大物にはいまだ成りえていないからだ。金策に走り、雇っている者たちに金を払い、経費を渋りながら、表の顔だけは景気の良さを装う。気づけば中小企業の経営者となんら変わらない日々を送っていた。

忍耐はいずれ報われる。目先のやりくりに忙殺される生活も、あと少しで終わる。そう信じて働くまでのことだ。浪滝はクルマに歩きだした。「銀行にいってくる」

塩崎は妙な顔をした。「この辺りにゃメガバンクは一軒もねえぜ？　十キロ先に奥多摩信用金庫があるだけだ」

「そこへ行くんだよ。作業員に給与を振りこまなきゃならん。夜明け前は一番暗い。現状はそんな局面にある」

「テレ東の『ガイアの夜明け』って二〇〇二年からやってるってな。夜明けはやってくるといいつづけて早十年。あんたのとこはだいじょうぶか」
「案ずるなよ」浪滝はクルマのドアを開けた。「もし失敗したら、その4WDで私を轢《ひ》け
ばいい。GP商会はくれてやる」

浪滝のきょうの仕事は、労働者への賃金支払いだけではない。まだ収益が得られていな
い以上、皺寄《しわよ》せはどこかに生じる。そのための釈明もみずからこなさねばならない。
辛抱のときだと自分にいいきかせながら、浪滝はメルセデス・ベンツのステアリングを
切り、奥多摩湖をぐるりと迂回《うかい》していった。昼過ぎに南岸にたどり着くと、自然公園施設
の〝山のふるさと村〟に乗りいれる。
駐車場は閑散としていた。敷地内には宿泊所のほか、キャンプ場やバーベキュー広場も
あるが、厳寒の季節に利用する客はいない。ドライブインを兼ねた土産物売り場と喫茶店
のみが、細々と営業するだけだった。そこにも人の姿はまばらだった。
三頭山のふもとが一望できる窓ぎわの席に腰かけると、すぐさまひとりの男が足ばやに
近づいてきた。
黒革のロングコートを着た長身、恐ろしくスリムで、宝塚歌劇団の男役にすら見える。
その印象は痩《や》せ細った体型のせいばかりではない。女性ならミディアムにあたる長髪は、

内巻きにカールを施し、もともと小さな頭部をさらにコンパクトに見せている。目鼻立ちは恐ろしく整っていて、あまりに滑らかな肌艶《つや》のせいもあり、マネキンのような質感を帯びていた。墨で引いたかのごとき細い眉《まゆ》の下、薄褐色に染まった瞳《ひとみ》は豹《ひょう》に似ていた。袖《そで》のなかは骨格のみにすら思える、ほっそりと長い腕が伸びてきて、浪滝の向かいの椅子を静かに引く。優雅な物腰で着席すると、端整な顔が浪滝を真正面からじっと見据えてきた。

年齢は三十歳に満たないように思える。しかし二十代では、この落ち着きぐあいを醸しだすのは難しそうだ。実年齢はどれくらいだろう。

スマートで控えめな態度ながら、人目を惹《ひ》く派手な美青年。現に、駐車場からこちらを覗《のぞ》きこむ女性の観光客が後を絶たない。彼女たちのうっとりと魅せられたまなざしは、この若者が行く先々でどのように異性の記憶に刻まれるのかを物語る。

あきらかに年下の男にどんな口をきくべきか。浪滝は迷いながら、咳《せき》ばらいをしてたずねた。「あなたが、そのう、コピアという人かな」

男性はかすかに鼻を鳴らしたようにきこえたが、微笑は浮かばなかった。ぶっきらぼうな物言い、低い声がぼそぼそと告げる。「弧比類巻《こひるいまき》って苗字をそうもじるのが、フランスの友人のあいだで流行《はや》ったらしい」

愛想のいい男とはいえなそうだった。浪滝は笑ってみせた。「巷《ちまた》で評判の贋作者《がんさく》にふさわしいニックネームだ」

「贋作者？」豹の目が冷やかさを増した。「僕の仕事が偽物づくりだとでも？」

「……失礼。お気を悪くされたのなら謝る。どう呼べばいいのか、その業界の常識には疎くてね」

「あなたは宝石の複製を依頼してきた。非常に数が多く、種類も豊富だが、いずれも本物同然であること。僕はその要求に応《こた》えられたと自負してたが」

「もちろん。あなたの作った宝石はどれも本物と鑑定されたよ。トーナメントで対戦が終わるたびに、みんながこぞって調べた。コピアのこしらえた宝石は、彼らさえ本物と判断した」

「複製とは、ひとつだった本物がふたつに増えることにすぎない。少なくとも僕はそう認識している」弧比類巻はわずかに緊張を解き、リラックスしたようすを垣間《かいま》見せた。「トーナメントは楽しませてもらった。僕の作った宝石類が役立って何より」

言葉の裏に支払いの催促を感じ取った。浪滝は慎重にいった。「そのう、弧比類巻さん。GP商会のほうもこのところ運営が苦しくて、思うように業績が伸ばせていない。しかしながら、きいてほしい。このたび私は、二年のあいだに巨額の収益を見こめる事業をスタートさせた。報酬は分割にさせてもらえないか。むろん、利息は充分に弾むつもりだし……」

弧比類巻は片手をあげて浪滝を制してきた。無表情のまま告げてくる。「知ってた」

「……何?」

「奥多摩信用金庫は逆方向だよ。スタッフへの給与支払いより、僕との面会を優先させた心意気は買いたいと思う」

浪滝は慄然《りつぜん》とした。商会の合法事業についてならともかく、裏で動かしている計画まで把握しているとは……。

ふっと笑いを浮かべた弧比類巻がつぶやいた。「娘さんの自閉症、たいへんだね」

「な」浪滝は咳きこんだ。「ど、どうしてそこまで」

「介護に疲れた奥さんが家をでていった後、あなたは娘さんのために壮大な計画をぶちあげた。娘さんが決して社会の冷たい風に晒されることなく、永遠に愛情に溢れた環境で暮らせる、いわば娘さんの国。無人島を買い取ってインフラを整備して、自分の金で雇った数百人を住みこみで働かせる。二十四時間三百六十五日、娘さんの世話をし、自由と安全を保障し、専用の遊園地からレストランまで作る……。泣ける話だね」

「私があたった業者を調べあげたのか」

「百七十億を集めた時点でどうして持ち逃げしないのか、そこが気になってね。土地を買うつもりなら、勝手に金を遣いこむわけにいかないよな。そこに取り立て屋が殴りこんできたら終わりだし。あなたが目をつけた南九州の島、十億円のお手頃価格だけど、上下水道と電気をひくだけでもその三倍はかかる。いろんな設備をこしらえればコストは天井知らず、おまけに毎年の人件費や維持費が必要になる。巨額にして永続的な収入を生む事業を構築したがったわけだ。そううまくはいかないだろうけど」

苛立ちと憤りがこみあげてくる。こんな若造に何がわかる。

しばし沈黙していた弧比類巻が、コートの懐から封筒を取りだすと、テーブルに投げだした。

「これは?」浪滝はきいた。

「あなたの仕事をひとつ省いてあげた」弧比類巻は腰を浮かせた。「礼はいいよ。趣味みたいなもんだし」

立ち去りかけた弧比類巻にどう対応すべきか迷いながら、浪滝は封筒を手にした。なかを開けたとたん、思わず気管支が詰まりそうになった。

真っ先に転がりでたのは一本の印鑑。それも、浪滝の銀行印にうりふたつの印影だった。それを用いたらしく、通帳も難なく再交付されている。小さな書類の束もあった。奥多摩信用金庫での振り込みの控えだった。この後に浪滝が予定していた仕事、作業員たちへの給与の支払い。すでに手続きは済んでいた。署名までも浪滝の筆跡にそっくりだった。個人名義の印鑑と通帳。いずれも複製とは信じがたい。偽物と呼ぶのもふさわしくはない。彼のいうとおりだった。いまや本物がふたつ存在する。小手先の戯れですらこれほどの精度を誇るとは。

浪滝はあわてて、戸口からでようとする青年の背に声をかけた。「あ、あのう。弧比類巻さん……」

弧比類巻は振りかえりもせずに告げてきた。「グレーの生地、まだ名古屋の長者町繊維街で見かけた。買い残しがないよう徹底したほうがいいと思う」

「……心得た。助言に感謝するよ」

ふん。今度ははっきりと鼻を鳴らして、弧比類巻は店をでていった。

浪滝は半ば茫然《ぼうぜん》としながら天井を仰いだ。

手の内すべてを見抜いているとほのめかしてきた。癪《しゃく》に障る若造だ。裏の事業でそれなりに名を成した私に対するあてつけか。たいしたことはないと見下しているのか。

贋作の才能には恵まれているかもしれないが、真っ当に世に生きられず道を外れた人間の執念を知るまい。私の事業は奥が深い。きっと成功する。私にはこれしかない……。

グレーの生地

日本に帰国した翌日、莉子は愛美とともに、宇城の両親が経営するアパレル会社〝ソランジュ〟を訪ねた。

南青山三丁目、表参道の交差点からエイベックス本社ビル方面に歩いて五分ほど、嬋媛《せんえん》の境地ともいえるスタイリッシュなガラス張りのビルがあった。

小笠原とは一階のロビーで待ち合わせをした。彼は会うなり『週刊角川』次週号の表紙のゲラ刷りをしめしてきた。

それはバッキンガム宮殿の御前鑑定における、莉子と愛美のツーショット写真だった。

莉子は当惑を覚えた。「またこんな写真……」

すると小笠原は苦笑を浮かべた。「編集長が、今度ばかりは譲れないっていうんだよ。ふたりの被写体のうちひとりから了承を得たからには、絶対に退けないって」

「了承って?」

愛美が微笑とともにいった。「わたしよ。是非お願いしますって答えちゃったの」

莉子は驚いた。「愛美さんが……? なら、トリミングして愛美さんをクローズアップすれば……」

「それじゃ意味ないの。莉子とふたりで写ってるからオーケーしたのよ」

いつしか莉子と愛美は、互いを苗字ではなく名前で呼び合うようになっていた。孤立無援の海外に身を置いたせいで、絆《きずな》もより強まったのかもしれない。

でも、この表紙が店頭に並ぶ日が来るのは……なんだか照れ臭い。莉子は唸《うな》った。「うーん。見出し文字をわたしの顔の上に移動させて、見えにくくできない?」

小笠原が眉《まゆ》をひそめた。「凜田さんの顔の上に、この大見出しが載るの? 『TPPにかける期待と恐れ』って? ヘン過ぎるよ」

三人が笑いあったとき、ロビーを横ぎって宇城が近づいてきた。「やあ。揃ったな」

莉子はきいた。「宇城さん。何かあったんですか?」

「まあな」宇城の顔に翳《かげ》がさした。「父も母も、きのうからあちこち駆けずりまわって調整に追われてる。グレーの生地がなくても商品の製造と流通に支障がないよう、色やデザインを変更しなきゃいけないからだ」

「グレー?」

「うちが手がける服のなかでは不人気色なんで、影響はそれほど大きくはないけどね。スーツ市場は大打撃みたいだよ。日本全国および韓国や台湾、中国の卸し問屋から、グレー系の生地だけが消えちまった。一気に買い占められたらしい」

愛美が目を瞠《みは》った。「ほんとに？　よっぽどお金がかかる話だと思うけど」

宇城はうなずいた。「うちの経理部の試算では二百億円ってとこらしい。つきあいのある工場によると『グレー系生地を根こそぎ売ってくれ』と申しいれてきた会社は、複数あったようでね。バベット、オドレイ、セレスティーヌ……。どれもこれもゴールデン・プログレス商会傘下のアパレルメーカーだ」

「浪滝の差し金なの？　じゃあ買い占めに使われた巨額の費用は……」

「きみの権威を失墜させる約束で、暴力団系の宝石商たちから集めた金だろうな。百七十億プラス、新たな借金か私財か知らないが追い銭まで注ぎこんでる。そればかりか向こう二年間は、新たに作られるグレーの生地もすべて予約して独占するありさまだ。来てくれ」

歩きだした宇城に、莉子はつづいた。四人はエレベーターに乗り六階へのぼった。

瀟洒《しょうしゃ》なロビーに比べると、制作部の札が掲げられたフロアは無機的で装飾もなく、ごくありきたりの社屋内部の眺めに近かった。

廊下を歩きながら宇城がきいてきた。「凜田さんは年末年始、実家に帰らなかったんだろ?」

「ええ……。何もかも落ち着いてからにしようと思って」

「八重山諸島の冬は夜空が綺麗だときいたけど」

小笠原が口をはさんできた。「春先に行ったことがあります。満天の星がそれはもう美しくて……」

宇城は小笠原を遮った。「明かりがなくて闇が深いから花火が綺麗なんだってね。小さな線香花火の光すらも宝石のごとき輝きだとか」

莉子は愛美と顔を見合わせた。

ふたりの男性が唐突にロマンチシズムを競いだした。それも妙に声高だった。わたしたちにきかせているのだろうか。意地を張りあうような物言いの応酬では、こちらとしては反応に困るばかりだが……。

デザイン室Dと記された扉を押し開け、宇城はなかに踏みいった。愛美と小笠原も後を追う。最後に莉子も入室した。

がらんとした広い部屋、長テーブルの上に広げた型紙に、ひとりのデザイナーが雲形定規を這《は》わせペンを走らせている。

デザイナーはモデルのように派手なドレスで着飾っていたが、どう見ても男性だった。くわえタバコをふかしているせいで室内に煙が充満している。

宇城はその環境を気にしたようすもなく、デザイナーを指し示して紹介した。「こちらは桐島百華《きりしまももか》さん。うちの専属だよ」

百華……。ペンネームなのだろうか。疑問に思っていると、百華は莉子を見据えてつかつかと歩み寄ってきた。

「ふうん」百華は莉子を眺めまわすと、首すじに両手を伸ばしてきた。「この服なら襟を立てたほうがいいんじゃない？　趣味は悪くないけど、シルエットが寸胴《ずんどう》に近くて安っぽいわね。あなた綺麗《きれい》なんだから、こんなチープなファッションは似合わない」

「そ、それはどうも……」

「どこのブランド？　なにこのタグ。見たことない。たぶんスーパーとかの安売りでしょ。颯馬さん、うちの服をいくつか提供してあげたら？」

宇城は百華に慣れているのか、さばさばした口調で応じた。「ああ、そのうちにね。みんな、こっちに集まってくれ」

部屋の隅には、透明なゴミ袋がたくさん置いてあった。どれもグレー系の布の切れ端ばかり、一杯に詰まっている。

軽く足で蹴《け》りながら宇城がいった。「提携工場に残ってた。生地や製作済みの服はごっそりGP商会に買われて、残ったのは裁断の際にでたゴミだけ。いったいどんな商売に利用する気なのか、うちの親が分析させるために取り寄せた」

莉子はきいた。「少し貰《もら》っちゃいけませんか?」

「いいよ。どうせゴミだし、山ほどあるからな。グレーの生地が不足しているからって、こんな切れ端じゃ売り物にはならん」

「火もお借りしたいんですけど」

百華が近づいてきて、ライターとタバコの箱を差しだしてきた。「メンソールだけどいい?」

「いえ、ライターだけで……。どうもすみません」

袋のなかにあった切れ端は、大きくても数センチ四方で、アップリケにすら使えるしろものではなかった。もとよりグレーでは飾りにもならないだろう。遠慮なく燃やせる。

莉子はライターで一枚ずつ点火しては、燃えぐあいを観察し、すぐに振って火を消した。

「どれも紙を焼くにおいがする」莉子は所感を口にした。「でもこれら二枚は着火が早くて、灰をいくらか残す。つまり綿と麻。こっちの一枚は燃え方が違ってる。縮れるし、最後は黒褐色の塊になる。絹ね」

宇城がきいた。「天然繊維ばかりか?」

「そうでもありません。たとえばこれなんか、燃えながら溶けてます。酢のにおいもするし、硬くて黒い塊も残ります。アセテートです。こっちの燃えかすもよく似てるけど、指先で潰《つぶ》せる。プロミックスね」

化学繊維は燃え始めに溶けだす物が多い。そのうえで蠟《ろう》のにおいが加わればポリプロピレン。縮れて黒煙をあげるのはビニロン。炎が弱くて黒い球状の燃えかすが残るのはアクリル。芳香臭がして引っ張ると糸状になるのはナイロン……。

愛美が感心したようにいった。「すごい。生地の素材まで次々に鑑定してる。なにかわかった?」

莉子は憂鬱《ゆううつ》な気分で身体を起こした。「ありとあらゆる繊維が集まってる。素材はどうでもよくて、グレー系であればよかったのかな。こだわってるのは色だけとか」

「ふん」百華が鼻を鳴らした。「グレーなんて。流行色になればそれこそ数千億円の市場規模になるだろうけど、無理ね。インターカラーでも長いこと選出されてないし」

小笠原は妙な顔をした。「インターカラー?」

宇城が小笠原を見やった。「まさか、雑誌記者なのに知らないのか? 女性の服の色、流行はどうやって決まると思う?」

「さあ……。自然にブームとか起きるんじゃないですか。あるいは大手のアパレルメーカーがブランド戦略を仕掛けるとか」

百華が呆《あき》れたようにいった。「あなた、彼女いないわね」

「え」小笠原は表情を凍りつかせた。「な、なんでそう思うんですか」

莉子は内心、冷や汗をかきながら告げた。「小笠原さん。色の流行ってのは常に、国際《イン》流行色《ターカラー》委員会によって二年前には決められているのよ」

「ほんとに？　じゃあ女性誌によく載ってる『この春はピンクが流行り』とかって記事は……」

愛美が肩をすくめた。「インターカラーの決定に沿っているの。わたしでも知ってるわ。日本を含む十三か国を代表する、非営利目的の色彩団体が加盟してるのよ」

百華はテーブルから一冊のパンフレットを取りあげた。「日本代表は一般社団法人の日本流行色協会《JAFCA》。団体そのものは非営利でも、大勢の業界人が協力会員になってるのよ。わたしもそのひとり。これは三年前の機関誌だけど……」

ぱらぱらとめくられるページを眺めるうち、莉子の注意がふいに喚起された。

莉子は百華に飛びついた。「い、いまのページ、もういちど見せてくれません？」

「はあ？　どこよ」

「もうちょっと前……。ああ、そのページです」

〈協力会員アンケート〉

頌春《しょうしゅん》の候、ますますご盛栄のこととお慶び申し上げます。本年も、二年後の国内流行色につきまして投票受付の時期がやってまいりました。お忙しいとは存じますが何卒ご協力のほど、よろしくお願い申し上げます。

A群――二年後に予測される主な動向

アナログ放送終了／世界各地で皆既月食／エストニアがユーロ導入／アップルがMac用のアプリを提供するMac App Storeをオープン／カタールでAFCアジアカップ開催／IPアドレス枯渇問題／スペースシャトルが全機退役／ドイツでFIFA女子ワールドカップが開催／日本の高齢人口3000万人に到達

B群――A群を踏まえたうえで連想される形容詞

beautiful（美しい）／proud（誇らしい）／happy（幸せな）／comfortable（快適な）／calm（落ち着いた）／surprised（驚きの）／excited（興奮させる）／

nervous（神経質な）

C群――B群を踏まえたうえで連想される情景

まだ薄明るい日没直後の空
深く仄暗《ほのぐら》い深海の底
祝祭の日の聖地を埋め尽くす群衆
辺り一面地平線までつづく雪景色
鐘の音を響かせるノートルダム大聖堂
満天の星煌《きら》めく大宇宙の空間
登山を阻む富士の急斜面の山肌
水際の柳がしきりに落葉する月夜の湖畔

ページの下段には、色見本の一覧表がフルカラーで印刷されていた。レッド、ブルー、イエロー、グリーン、パープル、ブラウン、グレー、ブラック……。

「あぁ」百華がいった。「それ、国内向けの流行色を決めるためのアンケートよ。世間には非公開」

莉子は百華を見つめた。「国内向け、ですか?」

「そうよ。最近じゃインターカラーの決定よりも重視される傾向があるわね。日本人の好みって案外オリジナリティがあって、なかなか海外と歩調が揃わないのよ。むしろこっちの流行りに欧米が合わせてくることもあるぐらい」

「どんなふうに投票する色を決めるんですか?」

「書いてあるとおりよ。A群は、再来年に予想される出来事が羅列してある。これは三年前のアンケートだから、去年ってことよね。最も印象深いものをひとつ選ぶの。そこから連想される形容詞をB群から選ぶ。さらにその形容詞から思い描ける情景をC群から選択。最後に、情景からイメージされる色を選ぶのよ。こうすると二年後の世のなかにふさわしい色が選択できるの」

「アンケートは誰が作成するんでしょうか。協会の偉い人とか?」

「よく知らないけど、コンピュータが自動的に作ってくれるそうよ。ネットから情報を拾って、未来予測を基に選択肢を作成するソフトがあるんですって。協会の人もアンケート内容はチェックせずに、データ原稿をそのままパンフの印刷にまわすらしいの」

小笠原が納得したようすでつぶやいた。「製版フィルムにせずにCTP出力で済ますんだな。機密性の高い印刷物の場合はありうるよ。事前に情報が漏れないよう徹底してるんだ」

ということは例年パンフが出来あがるまで、誰も選択肢を知らないわけか。莉子は胸騒ぎを覚えた。「アンケートの影響力はどれくらい……？」

「集計結果がほぼそのまま決定につながるとみていいわね。協力会員は十万人いるから、日本の業界人の総意ってことで」

ふいに感情の潮《うしお》がのぼった。粉々になって散らばっていた破片が、あたかも逆再生の映像のように元の姿をなしていく。パズルのピースがひとつ残らず、ぴたりと嵌《は》まる。そんな感覚があった。

莉子はあわてていった。「最後のページを見せてください」

「最後って？」百華がページを繰った。「これ？」

じれったさが募る。莉子は落胆とともにつぶやいた。「ああ……。印刷所の表記がない」

するとそのとき、小笠原が目のいろを変えて歩み寄ってきた。「印刷所？」

「大事なことなのよ。是非とも確認したいのに……。たぶん重要なアンケートが載ってるせいで、どこに入稿するかも秘密にしてるのね」

百華がため息をついた。「協会にきいても教えてくれないと思うわ」

ところが、小笠原はうなずいた。「入試問題用紙と一緒だな。それなら確かめようがあるよ」

「え？」莉子はきいた。「どうやって？」

小笠原は百華からパンフを受け取った。ページの付け根を熱心に覗《のぞ》きこんでいる。

やがて小笠原が声をあげた。「あった！　ほら、見てよ。ちょうどホチキスの下の折り目」

そこには小さな数列が印字されていた。９３５７１５７２０ＡＵ３２。

莉子はつぶやいた。「ＩＳＢＮでもなさそうだし……。何なの？」

「印刷所を奥付に表記しない場合の数列コード」小笠原はｉフォーンを取りだし、タッチパネルを操作した。「社団法人日本書籍出版協会に属する会社なら、データベースで照合できる」

愛美が微笑を浮かべた。「さすが記者さん」

軽い嫉妬《しっと》でも覚えたのか、宇城が皮肉を口にした。「出版社で雑用でも仰せつかってなきゃ学べない無駄知識だな」

莉子は間髪をいれずにいった。「でもそれが力になってる」

小笠原がちらと顔をあげて莉子を見た。

「でしょう？」莉子は小笠原にきいた。

「まあね」小笠原はにこりと笑ってうなずいた。

宇城は難しい面持ちになった。愛美と百華は顔を見合わせて笑っている。

しばらくして小笠原が声をあげた。「検索結果がでた。あ、でもこれ……」

「どこの印刷所？」と莉子はたずねた。

「なんてことだ。大手だよ」小笠原が液晶画面をこちらに向けた。

東京日の丸印刷。そう表示されている。

「やっぱり！」莉子は駆けだした。「小笠原さん、一緒に来て！」

「どこへ行くんだ？」たずねながら小笠原が追いかけてくる。

愛美は立ちつくしたまま、莉子の背に声をかけてきた。「どうかしたの？」

「巨悪が億万長者になるのを防ぐの」莉子は戸口から廊下へと走りだした。「急がなきゃ。拠点を探しだせるとしたら、手がかりはひとつしかない」

青インク

　正午過ぎ、東関道を千葉方面に向けて走るタクシーの料金メーターは、すでに一万円を軽く超えていた。

　後部座席におさまった小笠原は気が気ではなかった。「領収証、経費で落ちるかな」

　隣りに座っていた莉子がつぶやく。「記事になればお釣りがくるでしょう」

「事件を解決できればね……。でもどうしてまた習志野に向かう?」

「トーナメントの開催中に、ホテルのロビーで拾った紙。画像のコピー持ってる?」

「ああ、もちろん」小笠原は懐から紙片を取りだした。「これ、JAFCAのアンケートページの原稿だったわけか。でもどうして浪滝の一派が持ってたんだろうな」

「アンケートに答えてみてくれない?　小笠原さんの感性で」

「僕がやってみるのかい。どれ。まずA群の〝二年後に予想される出来事〟から、重要に思えるものをひとつ選ぶんだよな。これにしようか」

小笠原は〝ニューヨークに1ワールドトレードセンター完成〟を選んだ。

莉子がいった。「次はB群。連想される英単語の形容詞をひとつ選ぶの」

……ワールドトレードセンター。ここはtall（高い）だろう。

さらに莉子がつづけた。「C群。連想される情景は？」

高い。エベレストという言葉が真っ先に目を引く。〝エベレストの頂上から望む雲海〟を選択する。眼下に果てしなく広がる、うすずみ色の雲の絨毯《じゅうたん》が思い浮かんだ。

すると莉子はハンドバッグに手をいれ、借り物のJAFCAのパンフを取りだした。アンケートのページを開くと、下部の色見本を指ししめす。「カラーをひとつ選んで」

小笠原はごく自然に、ひとつの色を指さした。指が吸い寄せられるようにその枠に向かって伸びた。

次の瞬間、小笠原は肝を冷やした。「グレーだ」

「もういちどやってみて。A群から出来事を選んで」

まさか……。小笠原は息を呑《の》んで選択肢を眺め渡した。これならどうだ。〝医師過剰時代〟。

連想される形容詞。B群で目にとまったのは〝crowd of（大勢の）〟だった。

C群。ここでもすぐにふさわしい情景が選択できた。〝観光客で賑《にぎ》わう万里の長城〟。

色見本に人差し指を差しだす。万里の長城。石造りの建造物。選ぶべきは……。

「グレーかよ」小笠原は脾腹《ひばら》を突かれるような思いだった。

「どれを選んでも同じか」

「そう。〝本州から向島までを結ぶ尾道大橋が無料化〟は〝long（長い）〟につながって、万里の長城。〝ロシアとベラルーシの……〟は〝cold（寒い）〟が連想されて、エベレスト。スカイツリーも〝tall〟だし、新しい歌舞伎座の落成は〝crowd of（大勢の）〟になる。とにかくA群で何を選ぼうと、ゴールはグレーになる」

「へそ曲がりや異色の連想を働かせる会員もいるだろうけど、十万人の多数決となりゃグレーに決まったも同然だな」

「A群にある出来事はすべて、二年ほど先に予定されていることばかり。パンフのアンケートページの冒頭に〝頌春《しょうしゅん》の候〟とあるから、今年もパンフは近いうちに会員のもとに発送される。でも、印刷と製本はぎりぎりになっておこなわれるはず。未来予測を含むA群は、入稿が遅ければ遅いほど精度をあげられるし」

「印刷は一月、まさにいまごろおこなわれる可能性が高いわけか。じゃあ浪滝は……」

莉子がうなずいた。「データの一部を差し替えて、アンケートページにこの原稿を掲載させる。それが計画の要」

百華がいっていた言葉が脳裏に響く。流行色になれば数千億円の市場になる。浪滝の狙いはその市場の支配にあったわけだ……。

大胆不敵な策謀。だが、すでにグレーの生地や衣服を買い占めている以上、野望の実現は決して絵空事ではない。ギャンブルではあるが、成功すれば天文学的な富が浪滝のもとに転がりこむかもしれない。

タクシーはいつしか高速を降りて、湾岸習志野出口を抜け一般道に入っている。国道三五七号線をひたすら駆けていくと、ほどなく田畑のなかにオクタゴン習志野店の赤い看板が見えてきた。

駐車場に乗りいれて停車する。小笠原は支払いを済ませ、莉子とともに降り立った。営業中の店内に足を踏みいれる。

年が明けてもいっこうに変わり映えしない、猥雑《わいざつ》な商品棚の谷間をまっすぐに突き進み、レジに行き着く。

店のロゴ入りのエプロンを身につけた、小太りで眼鏡をかけた中年男が暇そうにたたずんでいた。店長の古閑碧人が、以前より少しばかりやつれた顔をあげてこちらを見やる。

とたんに古閑は、ぎょっと瞠若《どうじゃく》して叫んだ。「またあんたたちか！　警察の事情聴取には応じたんだ、もう勘弁してくれよ」

莉子は古閑の前に立った。「未遂ゆえに不起訴で済んだのはさいわいでしたね」

「さいわい？　ふん。俺は頼まれただけだ。警察は納得してくれなかったけどな。そこがとても不本意だ」

「匿名の人物から送られてきたって手紙、まだ持ってますか。それとも警察に提出しちゃいましたか」

「提出も何も、こっちはすすんで差しだそうとしてるのに、向こうが受けとろうとしなかったんだよ。たんなる白紙だ、戯言はよせってな」

古閑は収納棚をまさぐり、一枚の紙片と開封済みの封筒を取りだした。

封筒の宛先《あてさき》は〝オクタゴン習志野店御中〟。差出人の記載はない。消印は千葉中央郵便局、日付は二年前の六月十七日。紙片以外にも、かさばる物が入っていたらしく、封筒には膨らんだ痕《あと》があった。

紙のほうは……。表裏ともに何も書かれていない。

莉子が古閑にきいた。「どんな筆記具が使われていたかご記憶ですか。ボールペンとか?」

「いや。青のサインペンみたいだったな」

ふうん、と莉子は微笑を浮かべた。ハンドバッグから褐色の薬品のビンを取りだすと、蓋《ふた》を開けてカウンターに置いた。ビンの口に紙片をかざし、火に炙《あぶ》るがごとく前後左右にしきりに揺すった。

すると……白紙の表層に、みるみるうちに青い手書きの文章が浮かびあがってきた。

「おお!」古閑が身を乗りだした。「すげえ。たしかにこれだよ。俺が読んだ手紙だ」

「やっぱりね」莉子はため息をついた。「ルームサービスの成り済ましにヨードチンキを使わせたからには、この方法に違いないと思ったのよ。ヨード液を数滴デンプンに垂らせば青インクっぽくなるけど、数週間も経てば化学反応で消えて白紙になる」

よくこんなことを思いつくものだ。小笠原は紙片を受け取りながらつぶやいた。「鑑識が調べてくれればわかったはずなのに」

古閑も不服そうに口をとがらせた。「そうとも。あいつらときたら、最初から俺を嘘つき呼ばわりしてばっかりでよ」

小笠原は手紙を読みあげた。「〝他言無用願います。コミック入稿前の印刷データを高価買い取り致します。〟……なんだ？『ハルヒVSリリカルなのは』とは書いてないな」

すると古閑がたじろいだように声をうわずらせた。「二年も前に送られてきた手紙だからな、その時点では作品名の指定はなかったんだよ」

「代わりに、標的にする出版社の一覧が載ってる。角川《うち》だけじゃなくて、集英社や講談社の漫画雑誌の名も挙がってる。ええと、なになに……。〝昨今の編集部は原稿データをHDDにて管理しており、これを入手する方法の一例を以下に記載します。〟呆《あき》れたな。バイトを都内のピザ屋で働かせて道を覚えさせるとか、発覚を遅らせるための偽装とか、段取りが箇条書きにしてある。計画犯罪の手引書だろ、これって」

あわてたようすの古閑が弁明した。「お、俺が主犯でないことはわかってもらえただろ?」

「〝高価買取対象作品が編集部内に存在すると判明しだい、また御手紙でご連絡差し上げます〟だってさ。前もってバイトの庵原を角川《うち》に潜りこませておいて、『ハルヒVSリリカルなのは』の情報を得たとたん、盗ませようと動いたわけか。悪質だね」

莉子は軽蔑《けいべつ》のいろを浮かべた。「古閑さん。前払い金の百万円は? 警察に申告しましたか?」

「ひ、百万……」古閑はうろたえたようすでいった。「な、なんのことだか、さっぱり……」

「とぼけないでください。なんの保証もなく、ただ手紙が送られてきただけで犯行に踏みきれるはずがありません。封筒の膨らみの痕跡《こんせき》からみて、厚み一センチの札束が同封されていました。直方体が保たれていたようですから、銀行から卸したばかりのオビつきの束でしょう。これも鑑識が本気をだせばすぐにわかると思いますが」

古閑は情けない声をあげた。「どうかお慈悲を……。頼むよ。借金の返済に使っちゃって、もう手もとにないんだよ」

「札束の帯紙は? 銀行確認印が捺してあるから、どこで卸したかを調べる手がかりになります」

「帯なんて。とっくに捨てちまったよ。どんな印鑑だったかも覚えてない」

小笠原は手紙が気になっていた。「変だな。『ハルヒVSリリカルなのは』だけが目当てじゃなかったのか？　版元も雑誌のジャンルもばらばらだ。何が狙いだったんだろ」

「印刷所よ」と莉子が告げてきた。「年越しに東京日の丸印刷に入稿予定の作品で、業界に影響力のあるビッグタイトルなら、どれでもよかったんでしょう」

「ってことは、浪滝のしわざか？」

「ええ。小笠原さんが前に教えてくれたでしょう？　プロテクトつきのデータじゃなきゃ受け取れないって意向が、印刷業界全体に広がりつつあったって。データ流出事件が起きたら、印刷所が態度を硬化させることも必至だった」

「ああ、そうか。盗難事件の直後、たしかに東京日の丸印刷は予想どおりシビアな反応をしめした。持ちこまれた原稿データをいったん消去して、新たにプロテクトを施したデータのみ受付を開始した。浪滝はそうなると予測してたんだな。実際、ＪＡＦＣＡのパンフも対象になって……」

莉子は目を輝かせた。「浪滝さんは協会を装い、差し替え分として自分で用意したデータを入稿した。協会のほうには印刷所を名乗って連絡をいれたんでしょう、データを再入稿する必要はないって。年の瀬だったからJAFCAも休みに入り、以降は確認を取りあうこともない。急ぎだからと発破《はっぱ》をかければ、印刷所は作業を進めてしまう」

古閑が怪訝《けげん》そうにきいた。「どういうことだよ？　俺の知らないところでいろいろ起きてたのか？」

すました顔で莉子はいった。「あなたは利用されただけです。HDDを盗んだところで、次の出社日には発覚しちゃうんだし、ニュースになれば販売なんかできない。匿名の人物との取引なんか成立しなかったはず」

「は、端《はな》から買い取る気はなかったってのかよ？　この手紙の差出人、俺をだましてたのか？」

小笠原は携帯電話を取りだした。「すぐ協会と印刷所の両方に連絡をいれよう。……でも、警察は動いてくれるかな。また物証に乏しいからって手をこまねいてるうちに、浪滝はどこかに高飛びしちまうかも」

「平気よ」莉子はそういって、いきなり封筒を破りだした。「潜伏先ならすぐにあきらかになるから」

走馬灯

一月も下旬に差しかかった。底冷えする奥多摩の朝、倉庫群の隣りにあるプレハブ小屋を抜けだした浪滝琉聖は、いつものようにポリ容器を片手にクルマに向かった。灯油スタンドは五キロ先だった。ストーブの燃料はまだ余裕があるが、早めに買いこんでおかないと、積雪があったとき厄介になる。

メルセデス・ベンツに乗りこもうとしたとき、轟音《ごうおん》が鳴り響いた。リンカーン・ナビゲーターの巨体が、ベンツに追突しかねない勢いで突っこんできた。

停車した４ＷＤから降り立ったのは塩崎正宗だった。目をいからせて塩崎は怒鳴った。

「浪滝！」

「なんだ。朝っぱらから騒々しい」

塩崎は足早に近づいてくると、手にしていたパンフを広げて浪滝の鼻先に突きつけてきた。「こいつはいったい何の冗談だ」

ＪＡＦＣＡの機関誌……。ようやく発行されたか。協力会員でもないのに入手するとは、よほどこちらの事業に信用が置けないらしい。

だが浪滝も、開かれたアンケートページには違和感を覚えた。眺めるうち動揺が広がりだす。「これは……」

「あんたのいってた内容とまるでちがうぜ」塩崎は嚙《か》みつくようにいった。「俺が試してみたらイエローになった。組長がやったらピンクだった。あんたはどうする。顔面をブルーにでも染めてみるか？」

断じて許容しがたいものが、いま自分の目に映っている。パンフを持つ手の震えが止まらない。Ａ群の選択肢からしてまるで異なる。Ｂ群もＣ群も、こちらで用意したものではない。

塩崎が鬼の形相で睨《にら》みつけてきた。「あんた、しくじったら轢《ひ》かれてもいいっていって話だったよな」

「ま、待て」浪滝は笑ってみせた。「手違いだ。これ、ほんとに会員たちに発送されてるパンフか？　印刷データはたしかに差し替えたはず……」

しかし塩崎は聞く耳を持たないようすで、４ＷＤにとってかえした。

まずい。浪滝はポリ容器を投げ捨てて駆けだした。

豪快なエンジン音が大地を揺るがす。黒塗りの巨大な車体が急発進し、猛然と浪滝めがけて追いあげてきた。

浪滝はあわてふためき、畑のなかに逃げこんだ。しかし、4WDのタイヤは荒れ地も難なく踏み越える。泥を高々と巻きあげながら浪滝の背後に迫ってきた。

助けを求めて叫びをあげたが、倉庫の作業員はまだ出勤していない時間帯だった。田畑では足をとられるばかりだ。浪滝はあぜ道によじ登り、山林へと走った。

道に復帰する際の勾配《こうばい》はやや急だったせいか、さすがの4WDもわずかに手間取ったようだった。距離が開いた。浪滝は必死で雑木林に逃げこみ、全力で疾走しつづけた。

息があがり、膝《ひざ》が震える。いまにもへたりこんでしまいそうだ。そう思ったとき、道の真ん中をこちらに向かって歩いてくる人影があった。

髪が長くうねる、ロングコート姿の若い女性。見覚えがある。いや、むしろ片時も忘れられない面立ち。凜田莉子の視線がこちらを向いた。

莉子は特に驚いたようすもなく、冷静な表情でつぶやいた。「浪滝さん」

「き……きみ」浪滝は喘《あえ》ぎながら声を絞りだした。「どうしてここに……」

だが、莉子の返事を待っている暇はなかった。野獣の咆哮《ほうこう》のようなエンジン音が背筋に届く。全身の肌に粟《あわ》を生じながら振りかえると、リンカーン・ナビゲーターが突進してきた。

「ひいい」浪滝は怯《おび》えきった自分の声をききながら、道端へと逃げこんだ。大木の幹に身を寄せてうずくまる。

莉子は突然のことに対処できないらしく、びくついたようすで立ちつくしていた。４WDは減速する気配もなく、まっしぐらに莉子に猛進していく。

そのとき、木陰から何者かが飛びだした。

ニットカーディガンにジーンズという軽装、痩《や》せた若者だった。その顔も浪滝の記憶に刻まれていた。週刊誌の記者、たしか小笠原という名だった。

小笠原は莉子に駆け寄るが早いか、彼女の身体を抱きあげて道の反対側へと跳躍した。ふたりは絡みあいながら転がり、木立のなかに突っ伏した。直後、４WDは寸前まで莉子が立っていた場所を、通過列車のごとく猛スピードで走り抜けていった。

浪滝を逃したことに気づいたのか、ブレーキランプが赤く灯《とも》った。４WDは速度を落としたが、急には停まれないようだった。山林のなかに蛇行する道をずるずると滑っていく。

車体が木陰に消えたとたん、耳をつんざくようなサイレンが短く鳴った。

ふいに罠《わな》に飛びこんだ獲物が観念したがごとく、４WDの唸《うな》り声はトーンをさげた。停車したらしい。ほどなくそのエンジン音は途切れ、静寂が戻った。

目を凝らすと、木立の向こうで駆けまわる制服警官の群れが見え隠れした。赤色灯の明滅も無数に存在している。

小笠原は、莉子を助け起こしながらきいた。「だいじょうぶ？」

「ええ」莉子の長い髪に雑草がまとわりついていた。「ありがとう……。小笠原さん」

状況がしだいに飲みこめてきた。浪滝はその場にへたりこんだまま、脱力せざるをえなかった。拠点はすでに包囲されていた……。

近づいてくる足音がする。新たにふたりの若い男女が歩み寄ってきた。カジュアルなファッションに身を包んでいるが、それぞれタキシードとパーティードレスをまとっていたときと同じオーラを放って見える。堂々とした態度のなせるわざかもしれない。

蓮木愛美は覚めた目つきで浪滝を見おろした。「金と宝石とアパレル、スリーアウトチェンジって感じ」

宇城颯馬のほうも真顔で告げてきた。「儲《もう》けがでてない段階で作業員やドライバーに給料を払うのは、手痛い出費だったろうね。でも場所を口外させないためには払わざるをえなかったわけだ。結局、無駄遣いに終わったけど」

「……なぜだ」浪滝は思わずうわずった声をあげた。「いったい誰が情報を漏らしたんだ？　愚かな奴。充分な金を恵んでやったのに、こんなおいしい職務をみずからぶち壊すとは……」

小笠原が、カーディガンに付着した草を払い落としながらいった。「誰もばらしてなんかいませんよ。被雇用者に対するあなたの管理は完璧《かんぺき》でした」

「何？　なら、なぜここが……」

すると莉子が、茶色い紙の切れ端を差しだしてきた。「手紙の文面を消すためにヨード液を使ったのが敗因です。ヨウ化カリウムの化学反応で、いちど乾いたシヤチハタの油性顔料系インクもまたべっとりと湿りだす」

浪滝は呆然《ぼうぜん》とそれを受け取った。紙質からして封筒のようだった。オクタゴン習志野店の住所の一部が記してある。百万円の札束とともに手紙を送りつけた、あの封筒か。

裏返してみると、そこには浪滝が関知していないものがあった。うっすらと赤いシヤチハタ印が鏡文字となって転写されている。美濃部。そう読めた。

莉子がいった。「百万円の札束の帯紙には、帯を巻いた人の印鑑、銀行確認印が捺《お》されます。責任の所在をあきらかにするためです」

そうなのか……。浪滝の頭のなかは白く染まった。

帯紙に〝全金融機関共通〟と刷りこんであったせいで、心配はないと考えてそのまま封筒にいれてしまった。複雑な計画ゆえ、元をたどられることもないと思っていた。しかし、印刷所への工作と生地の買い占めの両者を結びつけられてしまったのでは、その限りではなくなる。

浪滝は失意とともにつぶやいた。「警察が出張ってきている以上、担当者の苗字《みょうじ》を全国の金融機関に問い合わせることで、容易に特定できたわけだな」

莉子もうなずいた。「奥多摩信用金庫の利用圏内で、大量の生地を保管できる貸倉庫はこの山中にしかなかったので」

手足を投げだして寝そべりたい気分だった。浪滝は憤懣《ふんまん》やるかたない思いで吐き捨てた。「宝石鑑定士は宝石バカでしかないと思ってた。服飾の専門家も同様、服飾バカだ。複数のジャンルにまたがっていれば追いきれるはずがない。計画は間違っていなかった」

結果がでたいまとなっては虚《むな》しい響きでしかない。しかし叫ばずにはいられなかった。二年後に待っていたはずの巨万の富の夢が水泡に帰した。それもこんな若造たちにしてやられるとは……。

愛美が大人びた笑みを浮かべた。立場さえ考慮しなければ、このうえなく魅力的に思えるだろう笑顔とともに、愛美はいった。「万能鑑定士は万能バカってこと？　それってもう、バカとはいわないわよね」

万能鑑定士……。トーナメントに招待したのは、私自身だ。

みずから招いた災厄、あるいは運命だったか。

莉子が静かに語りかけてきた。「ここを拠点にした数年の計画準備期間、心休まるときはなかったでしょう」

同情すら匂わせる物言い。浪滝はすなおに受けいれる気にはならなかった。「きみらにはわからん。恵まれたきみらにはな」

「いえ」莉子はじっと見つめてきた。「そうでもありません。娘さんに人並み、いえ誰よりも歓びに満ちた生涯を送らせたいと願うあなたの心は、絶対に間違ってはいません。自分の考えうる最良の方法で、できる限りのことをしてあげたいと思うでしょう」

……居場所をつかんだ警察の捜査は進展してしかるべきだった。つきあいのある業者たちに私が何を求めたか、片っ端から洗っていけば目的もおのずからあきらかになる。

降り注ぐ木漏れ陽が織りなす光と影、その明暗の落差のなかにたたずむ凜田莉子の姿は、美を超越した真理の女神も同然に思えた。大きくつぶらな瞳《ひとみ》に見据えられるうちに、心の闇が淡く消え去り、浄化されていく。そんな感覚にすらとらわれる。

娘がこんなふうに育っていてくれたなら……。

惑いか、幻か。そうではない。この歳にして背徳に満ちた人生だったと、いまさらながら素直に振りかえられる。襟を正し真人間になるのも悪くない。そこまで思った。むしろ、自分が人として存在するからには、その生き方しか選べないと感じる。どんな奸智《かんち》を働かせようと、この女性にはたちどころに看破されてしまうのだから。

けれども、決意にまでは至らない。むしろ気持ちは萎《な》えていく。いまさら信念を変えられるだろうか。

浪滝は静かにきいた。「鑑定家としての意見をききたい。私をどう思う。前科にまみれて性根も腐ってる。世間を出し抜くことしか考えてこなかった。今後、真っ当に生きられる男と思うか」

無限の情を湛《たた》えてみえる莉子の瞳が、胸にせまる何かを訴えかけてくる。

「鑑定は過去の価値を問いません」莉子はささやくようにいった。「いまどうあるかです」

木々が微風になびき枝葉を擦《こす》りあわせる。ざわめきはふしぎと耳に届かず、無音に近かった。その静寂にこそ耳を傾けたい、浪滝はそう望んだ。

完敗を受けいれることが、ここまで清々《すがすが》しいとは予想していなかった。

白い微光がおちる林のなかに、永遠にも思える時間が流れる。暖かな風が循環する。ほの明るく浮き立つ緑が、走馬灯の影絵のように緩やかに揺れ動いていた。

宴

人の営みがある日本最南端の島、波照間。軽自動車で走れば二十分ほどで一周できてしまう。島民は六百人に満たない。

島の中心部の集落、貝やサンゴで築いた垣根に囲まれた、赤瓦《あかがわら》屋根の平屋が軒を連ねる。なかでも、ひときわ愛嬌《あいきょう》のある顔づくりのシーサーが玄関に鎮座する小さな家、それが凜田莉子の実家だった。

日没後、街路灯もほとんどない集落は真っ暗になる。波照間にはハブはいないが、出歩く島民はなく、みな家に引きこもる。

小笠原にとって、莉子の家を訪ねるのはこれが三度目だった。前回も前々回も、この時刻には宴会が催されたが、今回ばかりはさすがに人の集まりもないだろう。

そう予想した小笠原は、集落にたったひとつしかない商店に赴き、線香花火とマッチを買ってきた。季節外れだが、長い夜にはやることもなさそうだし、莉子とふたりで庭先にでるのも悪くない。

　だが予想に反し、莉子の家では今宵もどんちゃん騒ぎが始まってしまった。ちゃぶ台には八重山そばに黒糖のきいたヤシガニ料理、そしてこの島でつくられる泡盛の銘柄、泡波の瓶が並ぶ。

　莉子の両親はふたりとも美形だったが、服装に気を遣っているようすもなく、真っ黒に日焼けしているせいもあって、実年齢より上に見えたりする。一方でしぐさは妙に若くて、青年の面影すら覗《のぞ》かせる。赤ら顔の父、凜田盛昌は、妻の凜田優那《ユナ》の三線の伴奏に合わせて軽快なステップを踏みつづけていた。

　島の盆祭り《ムシャーマ》の仮装行列で主役ともいえるミルク神を務めていた近所の人が、衣装を持ちこんできて身につけ、盛昌とともに踊りだす。白い布袋の仮面に黄色い和服、インパクトのある外見のミルク神は、島民を続々と呼び寄せた。もはや凜田家の宴会は、床が抜け落ちそうなほど大勢の参加者でごったがえしていた。

　座布団に正座している小笠原は、島民たちのテンションの高さについていくのがやっとだったが、初訪問の蓮木愛美と宇城颯馬は、いつもの落ち着いた都会的な物腰のままで地元の人とうまくやっているようだった。ふたりとも愛想よく交流している。宇城のほうはしゃもじ片手に、参加者たちにご飯をよそったりしていた。

どんな状況でも貴族のように振る舞うかと思っていたが、違うようだ。さすが、育ちのよさは気配りにも表れるらしい。

あるいは、ふたりは変わったのかもしれなかった。莉子との出会いによって。

客の男性が上機嫌そうに声を張りあげた。「凜田さん家《ち》はやっぱ立派さぁ。イギリスの女王から褒めたたえられた人が、こうして遊びにきてるんだから」

別の男性も同意をしめした。「有名なブランドの御曹司さんまでご一緒するんだからねぇ。ええと、なんだっけ。サンゴジュじゃなくて」

宇城は苦笑を浮かべた。「ソランジュです。まだヒラ社員から始めたばかりですから」

すると、凜田優那が目を輝かせた。「偉いさー。ご両親の会社でイチから修行する道を選ぶなんて」

盛昌はろれつの回らない口調でいった。「ほんとに偉い。おふたりとも立派。それにひきかえうちの莉子は……。いつの間にイギリスに行ってたのさー。呼ばれてもいないのに宮殿に押しかけるなんて、テレビで観てて泡波噴きそうになったさ」

室内がどっと沸いた。ミルク神は手にした小太鼓を打ち鳴らしている。

莉子も笑っていたが、小笠原には彼女の両親の言い草は的外れに思えた。これは反論せざるをえない。

小笠原はいった。「莉子さんがいたからこそ、真実があきらかになって、みんな救われたんですよ」

宴会はふいに、水をうったように静まりかえった。

三線の音が途絶え、ミルク神が踊るのをやめた。莉子の顔から、笑みが消えた。

盛昌は妙なものを見るような目を向けてきた。「そりゃ知ってるさ」

あれ……。なんだろうこの空気は。小笠原は凍りついた。

高齢の婦人が笑いながら、小笠原の肩をばしっと叩《たた》いた。「あんた、東京の人なのに鈍いねぇ。凜田さんたちは謙遜《けんそん》してるのさー。自分の娘のことだから」

縁側に座っていた、この島でたったひとりの駐在である中年の巡査長がいった。「莉子ちゃんはほんと、賢くなったさ。ちっちゃいころから知ってるからね、びっくりさぁ」

来客たちは一様にうなずいた。ひとりの女性がはしゃいだ声をあげる。「いつも底抜けに明るくて、可愛くて、いい子だとは思ってたんだけどねー、いかんせん頭のほうは弱いなぁってみんな噂してたさ」

莉子は目を丸くした。「そうなの?」

盛昌は咳《せき》ばらいをした。「まあ俺も、中身は空っぽだなと思ってたさ。なあ」

同意を求められた妻の優那は、戸惑いのいろを浮かべた。「ま、まあね。ほんとのこというと、五年ぶりに帰ってきたときにはあんまりにも難しい言葉ばっかり吐くから、頭を岩礁にでもぶつけたんじゃないかって心配したぐらいさ」

また笑いが沸き起こるなか、愛美が首を横に振った。「莉子さんはほんとに凄《すご》い人ですよ。純粋だし、何にでも興味を持って熱心に勉強するし。きっとみなさんによって、まっすぐに育てられたからこそ培われた才能ですね」

ひとりの男性がいった。「あとはいい人を見つけるだけさー」

「そうさ」婦人が宇城を指さした。「この人と結婚すりゃいいさ」

宇城は口にしかけていたビールをこぼしそうになっている。愛美は眉《まゆ》をひそめ、莉子は困惑顔になった。

しかし客たちはおかまいなしに盛りあがった。有名ブランドの御子息と一緒になったら、島始まって以来の快挙さー。お金持ちが住んでくれたら海水淡水化プラントができるかもしれないさ。西表島《いりおもて》の親戚《しんせき》にも自慢できるさ。みんなの暮らしもよくなるさー……。

俺はひとり蚊帳《かや》の外か。小笠原はそう自覚した。実際のところ、周りは小笠原にすっかり背を向けておしゃべりに夢中になっている。

抜けだしても文句はいわれない状況に違いない。小笠原は席を立った。

星影

小笠原はひとり庭先にでて、夜空を見あげた。

この季節にして春を思わせる温暖な気候。満天の星のなかで、南十字星がひときわ強い光を放ち瞬いている。

背後にサンダルの音がした。振りかえると、莉子が外にでてくるところだった。

莉子は遠慮がちに微笑した。「ごめんなさい。うちの両親ときたら失礼なことばかり」

「いや、いいんだよ」小笠原も笑いかえした。「本当のことだし……。僕ひとりだけ平凡きわまりない男だし」

「そんなことない」莉子は近づいてきた。「ねえ、小笠原さん」

「何？」

「関根先生がいってたでしょ。美容師の人の話」

「ああ……。二十歳のころ、知り合いになったっていう」

「いまも月にいちどは美容室に行くから、そのときにはお世話になるけど……。わたしの感覚では三年前、つきあう前にふられちゃった感じ。なんだか、仕事がいちばん大事だったみたいで」

小笠原はどきっとした。莉子がこんな話をするなんて初めてのことだ。

「そうなの？」と小笠原はきいた。

「ええ。わたしのほうも、ひとりでお店を経営するのは大変で……。いつの間にか心を閉ざしちゃってたのかなって。でも最近、自分でも変わってきた気がするの。小笠原さんに出会ってから」

「……僕がそんな影響を与えられたかな。何もできない男なのに」

莉子は目を細めた。「小笠原さんは、わたしを助けてくれた。あなたがいなかったら、わたしは……」

4WDが突っこんできたときの話だろうか。それとも、より精神的な結びつきについて告白してくれているのか。

思いあがりが過ぎるかな。小笠原は自嘲《じちょう》ぎみにそう感じながら、穏やかにいった。「凜田さんが変わったのは、周りのみんなのおかげだよ」

「みんなって……？」

「ご両親や島の人から揺るぎない愛情を受け継いで、上京して瀬戸内店長から勉強の仕方を学んで……。すべての出会いがいまの凜田さんを形づくっているんじゃないのかな」

莉子の大きな瞳《ひとみ》がじっと見つめてきた。「そのなかでも重要な出会いがあったとしたら？」

「じ、重要って？」

なんて口下手なのだろう。小笠原は自分に苛立《いらだ》ちを覚えた。どうして尋ねかえす必要がある。莉子のほうはすでに、すなおに気持ちを伝えてくれているのに。

しかし、万が一にも自分の勘違いということはないだろうか。そんな思考が脳裏をかすめ、つい及び腰になる。

小笠原はポケットから線香花火を取りだした。「これ……。店で買ったんだけど」

莉子はふしぎそうな顔をした。なんでこの時期に、そういいたげな目を向けてくる。けれども、すぐにその表情は微笑みに変わった。莉子はうなずくと、線香花火に手を伸ばした。

その瞬間、夜空に閃光《せんこう》が走った。

ドーンという派手な音とともに、色とりどりの花火が星空に開く。集落のあちこちでどよめきが起こった。

宴会に興じていた人々が、縁側から庭先に駆けだしてくる。凜田盛昌は状況を把握していたのか、喜びの声をあげていた。「こりゃすごいさー。石垣のお祭より規模が大きい」

次々に打ちあがる花火を見あげながら、宇城が得意そうにいった。「さっきお話ししたとおり、大曲で優勝した花火師を呼びましたから。竹富町役場から許可をもらうのが大変でしたけど」

小笠原は圧倒されていた。金持ちはスケールが違うな……。

宇城を振りかえると、彼は寄り添う愛美に笑顔を向けていた。愛美も笑って見かえしている。

島民ではなく、彼女へのプレゼントか。やはりふたりはお似合いのカップルのようだった。

そのとき、小笠原の腕が強く引かれた。誰もが花火に気を取られているらしく、こちらに目を向ける者はいない。莉子は小笠原を、門の外へと引っ張っていった。

真っ暗な夜道、隣家の垣根の前で立ちどまる。小笠原は当惑を覚えながら空を見あげた。

「ここからじゃ花火は鑑賞できないよ」

「いいえ」莉子はつぶやいて、指先に持った線香花火をしめした。

小笠原はしばし黙って莉子を見つめた。莉子も無言で見かえした。

心の軽く飛び立つような気持ちとともに、ごく自然に相好を崩す。小笠原はマッチを取りだした。

点火すると、ふたりがそれぞれに手にした線香花火の先が、放射状に無数の黄色い光線をしきりと放ちだす。ほのかな明かりのなかに浮かぶ莉子の笑顔と、彼女の虹彩《こうさい》に映りこむ凝縮された閃《ひらめ》きを眺めた。なんて綺麗《きれい》なのだろう。なんて尊いものだろう。

本書は書き下ろしです。

この物語はフィクションです。登場する個人・団体等はフィクションであり、現実とは一切関係がありません。

万能鑑定士《ばんのうかんていし》Qの推理劇《すいりげき》 I

松岡圭祐《まつおかけいすけ》

角川文庫 17182

平成二十三年十二月二十五日 初版発行
平成二十四年一月三十日 再版発行

発行者―井上伸一郎
発行所―株式会社角川書店
東京都千代田区富士見二―十三―三
電話・編集 (〇三)三二三八―八五五五
〒一〇二―八〇七八

発売元―株式会社角川グループパブリッシング
東京都千代田区富士見二―十三―三
電話・営業 (〇三)三二三八―八五二一
〒一〇二―八一七七
http://www.kadokawa.co.jp

印刷所―暁印刷 製本所―BBC

装幀者―杉浦康平

ま 26-322 ISBN978-4-04-100132-5 C0193

松岡圭祐の大人気「Qの事件簿」シリーズ／全12巻

万能鑑定士Qの事件簿Ⅶ

純金が無価値の合金に変わる!? 不思議な事件を追って、凜田莉子は有名ファッション誌の編集部に潜入する。マルサにも解けない謎を解け!!

万能鑑定士Qの事件簿Ⅷ

「水不足を解決する夢の発明」を故郷が信じてしまった! 凜田莉子は発明者のいる台湾に向かい、真実を探る。絶体絶命の故郷を守れるか!?

万能鑑定士Qの事件簿Ⅸ

訪れた、鑑定士人生の転機。凜田莉子は『モナ・リザ』展のスタッフ試験に選抜される。合格を目ざす莉子だが、『モナ・リザ』の謎が道を阻む!!

万能鑑定士Qの事件簿Ⅹ

凜田莉子、20歳。初めての事件に挑む! 天然だった莉子はなぜ、難事件を解決できるほど賢くなったのか。いま、全貌があきらかになる。

万能鑑定士Qの事件簿Ⅺ

わずか5年で京都一、有名になった寺。そこは、あらゆる願いが叶う儀式で知られていた。京都に赴いた凜田莉子は、住職・水無施瞬と対決する!

万能鑑定士Qの事件簿Ⅻ

「『太陽の塔』を鑑定してください!」持ち込まれた前代未聞の依頼。現地に赴いた凜田莉子を、謎の人物による鑑定能力への挑戦が襲う!!

KEISUKE MATSUOKA
CASE FILES OF ALL-ROUND APPRAISER Q
KADOKAWA BUNKO